रेगिस्तान के रहस्य

सुमित सक्सेना

ISBN 979-888569731-6

उस भगवान के लिए जो शायद हैं!

माता पिता के लिए जो वास्तविक भगवान हैं।

और अपने बड़े भाई के लिए, जो मुझे नकारा समझते हैं।

क्रम-सूची

कोटला हाउस: रहस्यों का आरंभ

इस किताब के अंत में सुमित सक्सेना द्वारा रचित अन्य उपन्यास का पहला अध्याय दिया गया है।

कोटला हाउस: रहस्यों का आरंभ।

यह उपन्यास एक अद्भुत कहानी के साथ जल्द ही प्रकाशित होकर आप सभी के लिए उपलब्ध हो जाएगा।

उपन्यास के प्रकाशित होने से पूर्व, आप उसकी मुफ्त कृति जीतने के लिए कुछ प्रयत्न कर सकते हैं।

कोटला हाउस: रहस्यों का आरंभ, के पहले अध्याय का आप Audiobook बनाकर YouTube पर डाल सकते हैं। वीडियो डालते समय @sumitsaxena को टैग करें।

इस किताब को अपने हाथ में लेकर खींची गई तस्वीर को सोशल मीडिया पर डालते समय इन #हैशटैग्स का प्रयोग कीजिए।

#authorsumitsaxena

#kotlahouse

#secretsofdesert

और Instagram पर @popularsumitsaxena @miczooshop को टैग करना ना भूलें।

भाग्यशाली विजेताओं को कोटला हाउस: रहस्यों का आरंभ कि मुफ्त प्रति अवश्य दी जाएगी।

प्रस्तावना

रहस्यों से भरी हुई यह कहानी सिखाती है कि कभी जीवन में संघर्ष को त्यागकर सरल मार्ग नहीं चुनना चाहिए, कठिनाइयां भले ही मार्ग में हो लेकिन हमेशा आगे बढ़ते रहना चाहिए।

Paulo Coelho द्वारा रचित " द अल्केमिस्ट " रेगिस्तान से प्रेरणा लेकर हमारे जीवन के बारे में बहुत कुछ सिखाता है, उसी प्रकार यह कहानी भी आपको बहुत पसंद आएगी।

रेगिस्तान कि यह कहानी आपको संघर्ष करना सिखाएगी और बताएगी कि ईश्वर कोई आस्था नहीं बल्कि मानवता की उम्मीद है।

विचारों कि यात्रा में आप अपना पूरा जीवन जी लेते हैं, लेकिन संघर्ष के पथ पर, पैर स्वयं रुकते हैं, विश्वास मर जाता है, और हिम्मत टूट जाती है। लेकिन उम्मीद हमेशा जीवित रहती है, साहस जुटाने को, खुद को समर्थ बनाने को और सफलता के दर पर पहुँचाने को।

धर्म न दूसर सत्य समाना अर्थात् सत्य के समान कोई धर्म नहीं।

तुलसीदास जी

1

वीरान रेगिस्तान

अचानक उसकी आँखें खुलीं, वह बड़ी हड़बड़ी में उठा, जैसे कोई डरावना सपना देख लिया हो लेकिन आँखें खोलते ही सूर्य की तेज रोशनी ने उसकी आँखों को झिलमिला कर रख दिया।

अपनी आँखों को सूर्य की तेज रोशनी के प्रहार से बचाने के लिए उसने अपने सीधे हाथ को अपनी आँखों के सामने कर दिया। जब उसकी आँखें पूर्ण रूप से सूर्य के प्रकाश का सामना करने के लिए सक्षम हो गईं तब उसने अपने चारों तरफ देखा।

उसे दूर-दूर तक केवल सूर्य के प्रकाश में चमकती पीली रेत दिखाई दी। रेत के महीन कण किसी मखमले बिस्तर से भी अधिक मुलायम थे। रेत इतनी मुलायम थी कि उसके महीन कण जरा सी हलचल से ही पानी की तरह इधर-उधर फिसल रहे थे।

उसे अपने चारों और असीमित, गुमनाम, जीवन रहित रेगिस्तान दिख रहा था, दूर-दूर तक कोई नहीं था। सूर्य ठीक उसके सिर पर था।

यह सब उसे कोई स्वप्न लग रहा था। उसने थोड़ी सी रेत अपनी मुट्ठी में भरकर , धीरे-धीरे वापस ज़मीन पर गिरा दी। उस स्थान पर वायु के प्रवाह का कोई संकेत नहीं था, रेत में कोई हलचल नहीं दिखाई दी वह सीधे सीधे ज़मीन पर गिर गई, उसका एक कण भी वायु से पथ भ्रमित नहीं हुआ।

उसे कुछ ठीक महसूस नहीं हो रहा था, उसे समय जानने की जिज्ञासा हुई, यह उसकी पहली जिज्ञासा थी। उसने अपने उल्टे हाथ कि कलाई को ऊपर उठाया, समय देखने के लिए लेकिन उसकी घड़ी उसकी कलाई पर नहीं थी, वह हमेशा घड़ी पहनता था।

उसने ज़मीन पर कई बार इधर-उधर देखा लेकिन उसकी घड़ी कहीं नहीं दिखाई दी।

जब घड़ी से उसका ध्यान हटा तब उसे पुनः दूर-दूर तक केवल रेत का समुंदर दिखाई दिया, उसके लिए यह बहुत अजीब बात थी कि उसे कुछ याद नहीं आ रहा था; कि वह उस वीरान रेगिस्तान में कैसे पहुँचा था?

यह वह जगह नहीं थी जहाँ वह सोया था और ना ही वह यहाँ कभी आया था। उसे अच्छे से याद था कि पिछली रात उसने शराब भी नहीं पी थी क्योंकि अगर पी होती तो उसे अच्छे से याद रहता कि उसने कब और कहाँ पी थी?

लेकिन विचित्र बात यह थी कि उसे पिछली रात का ही क्या, बल्कि उसे अपना पूरा जीवन ही याद नहीं आ रहा था।

वह कुछ देर वहीं सुखी रेत पर बैठकर यह सोचता रहा कि वह ऐसी जगह पर कैसे पहुँच गया जहाँ वह कभी नहीं आया था?

लोग स्वप्न में भी स्वयं का नाम नहीं भूलते लेकिन उसे अपना नाम तक याद नहीं आ रहा था। उस रेगिस्तान में वह अकेला था लेकिन उसे जगह-जगह पर एक-दो पेड़ दिखाई दे रहे थे, वे भी सूख चुके थे, अपने जीने कि आशा छोड़कर।

जहाँ जल नहीं था वहाँ जीवन कैसे संभव को सकता था लेकिन वे पेड़ अभी भी डटे हुए थे, शायद अभी भी कुछ उम्मीद बाकी थी इसलिए वे पेड़ उस सूखे रेगिस्तान में बरसों से प्यासे खड़े थे। ना जाने उस सूखे रेगिस्तान में वे वृक्ष कहाँ से आए थे?

इससे पहले वह सोच सोच कर अधिक परेशान होता, वह वहाँ से उठकर चलने लगा, वह नहीं जानता था कि उसे किस तरफ जाना था या उसे किस दिशा में जाना चाहिए था? वह बिना किसी मंज़िल के आगे बढ़ने लगा, वह नहीं जानता था कि आगे क्या होने वाला था? वह नहीं जानता था कि उसका आज का दिन कैसा गुजरने वाला था? लेकिन ऐसा

लग रहा था जैसे उसे इस बात कि परवाह ही नहीं थी।

उसे चलते-चलते काफी देर हो चुकी थी लेकिन दूर-दूर तक कुछ सूखे वृक्षों के सिवाय और कोई नहीं दिख रहा था।

अगर वे वृक्ष भी वहाँ नहीं होते तब वह उस निर्जन रेगिस्तान में बहुत अकेलापन महसूस करता या फिर कदाचित वह उन वृक्षों के बारे में विचार भी नहीं करता।

अपनी सुध-बुध खोए वह चुपचाप चलता रहा, कई घण्टों का सफर तय करने के बाद उसका ध्यान उस रेगिस्तान के एक विचित्र रहस्य पर गया, उसने सूर्य को देखा जो ठीक उसके सिर के ऊपर था और वह तब भी वहीं था जब उसने पहली बार उस रेगिस्तान में अपनी आँखें खोली थीं।

कुछ दूर चलने के बाद उसने फिर से सिर उठाकर अपने दोनों हाथों से अपनी आँखों को ढकते हुए ऊपर देखा, वह सीधे उससे आँख नहीं लड़ा पा रहा था लेकिन आग की तरह चमकता वह लाल गोला अभी भी उसके सिर पर मंडरा रहा था।

"शायद ! इसकी पत्नी आज इससे क्रोधित होगी, जिसके डर से इसे अपने घर जाने में डर लग रहा है इसलिए आज सूर्य अस्त होने का नाम ही नहीं ले रहा।"

उस वीरान रेगिस्तान के अकेलेपन में उसने स्वयं के विचारों को जन्म दिया, यह पहली बार था जब उसने उस स्थान पर कुछ सोचा था। वह स्वयं इस मजाक के बारे में कल्पना करते हुए मुस्कुराया और अचानक उसे स्वयं की पत्नी का स्मरण हुआ, लेकिन अपनी पत्नी का नाम याद करने में भी उसने अपने आप को असमर्थ महसूस किया। उसे याद आया कि वह शादीशुदा था।

उसे अपनी खूबसूरत पत्नी का चेहरा याद आया जो उसकी यादों में काफी धुंधला पड़ चुका था। उसकी पत्नी के धुंधले चेहरे ने उसे परेशान कर दिया।

उसने अपने कपड़ों की सभी जेबों को खंगाल डाला लेकिन उसे अपनी पत्नी कि एक तस्वीर तक नहीं मिली जिसे देखकर वह अपनी पत्नी कि यादों को ताजा कर सकता था।

उसे याद आया कि अक्सर उसकी पत्नी जब भी उससे नाराज़ होती थी तब वह घर देर से जाता था। वह जितनी देर से घर जाता था उसकी पत्नी उतनी ही अधिक चिंता करती थी।

इस प्रकार उसकी पत्नी का गुस्सा चिंता में और चिंता प्यार में बदल जाती थी। उसकी पत्नी को लगता था कि आज उसका पति बहुत काम करके आया है लेकिन यह तो एक सोची समझी साज़िश होती थी।

ऐसी योजनाएँ सबके साथ एक जैसा कार्य नहीं करतीं क्योंकि कई लोगों की पत्नियाँ देर से आने वाले पतियों पर शक करती हैं और वह अपने पतियों से ओर अधिक नाराज़ हो जाती हैं। शक उनके परिवार के विनाश का कारण बनता है।

उसे सूर्य की हालत पर दया आई, उसने सोचा कि सूर्य की पत्नी भी उससे नाराज़ होगी इसलिए वह आज घर देर से जाना चाहता होगा।

उस अकेलेपन में उसने सूर्य को अपना दोस्त समझा जो उस वीरान रेगिस्तान में हमेशा हर जगह उसके साथ था। उन दोनों कि दोस्ती के बाद भी काफी देर तक उन दोनों में चुप्पी बनी रही क्योंकि सूर्य ने इस बीच उससे कोई बात नहीं की।

शायद! वहाँ ऐसा कोई नहीं था जो उससे बात करता इसलिए वह चुपचाप चलता रहा, बिना किसी मंज़िल के।

"ये सब जो भी हो रहा है बहुत अजीब है, कहीं मैं पागल ना हो जाऊँ" उसने मन में विचार किया।

"जब अकेलापन हमारे दिमाग पर हावी होने लगता है, तब हम उन चीजों से भी बातें करने की कोशिश करने लगते हैं जो हमसे हमारा नाम तक नहीं पूछ सकतीं।"

नाम के बारे में सोचने पर उसे अचानक अपना नाम याद आया।

"सुमित!" उसके मुँह से यही नाम निकला। उसे याद आया कि उसका पूरा नाम 'सुमित सक्सेना' है।

"सुमित" बड़ी हलकी ध्वनि में उसने फिर से अपना नाम दोहराया, अपना नाम याद आने पर वह बहुत खुश हुआ।

यह बहुत विचित्र सौभाग्य था, इस दुनिया में बहुत कम लोग ही होंगे जिन्हें अपना नाम याद आने पर इतनी खुशी हुई होगी।

वह उस रेगिस्तान में कई घण्टों से भटक रहा था, वह बहुत परेशान था, घबराया हुआ था और बिल्कुल अकेला था। उसने कई बार पीछे पलट कर देखा, उसने हर बार इस उम्मीद के साथ पीछे देखा कि कोई तो होगा जो उसके पीछे आ रहा होगा, जो उसे पीछे से आवाज़ देगा और उसे रोकेगा और कहेगा कि यह मात्र मेरा एक सपना है।

"कभी-कभी उम्मीद से बड़ी निराशा मिलती है क्योंकि हम उम्मीद करते रह जाते हैं और अंत में हमें पता चलता है कि जिस चीज़ की हम उम्मीद कर रहे थे, वह मात्र एक कल्पना से अधिक कुछ भी नहीं था लेकिन इसका अर्थ यह नहीं कि लोग उम्मीद करना छोड़ दें।

'उम्मीद मानव का वह शस्त्र है जो प्रत्यक्ष रुप से दिखाई तो नहीं देता लेकिन इस अस्त्र से मानव बड़ी से बड़ी मुश्किलों का सामना बड़ी सरलता से कर लेता है।'

उम्मीद से हमें कठिन परिस्थितियों में डट कर खड़े रहने की शक्ति मिलती है, सब्र मिलता है और जीने का सहारा मिलता है।"

वह स्वयं को समझाने का प्रयास कर रहा था, वह अपने मनोबल को मजबूत कर रहा था।

उसने चलते चलते इस बात पर गौर किया कि उस पिघला देने वाली धूप में भी उसे गर्मी नहीं लग रही थी और पसीने कि एक बूँद भी उसके शरीर पर नहीं थी। वह अब तक थका नहीं था, उसके शरीर में अभी भी उतनी ही ऊर्जा थी जितनी पहले थी।

उसे अपना शरीर बहुत हल्का लग रहा था, जैसे उसके शरीर का सारा भार समाप्त हो चुका हो। वह बहुत चिंतित और विचलित था। उसे घबराहट हो रही थी। लेकिन सूर्य उसकी यह चिंता ओर बढ़ा रहा था, जो आज अस्त होने का नाम ही नहीं ले रहा था।

उस सूखे रेगिस्तान में उसे अब तक प्यास नहीं लगी थी जो शायद उसके लिए एक अच्छी बात थी। लेकिन इस विचार ने उसकी चिंता को चार गुना बढ़ा दिया क्योंकि अगर उसे प्यास लग भी जाती तो शायद उस निर्जल रेगिस्तान में वह प्यासा ही मर जाता!

उसे कुछ पल के लिए ऐसा लगा जैसे उसे चलते-चलते कुछ घण्टे नहीं, बल्कि कुछ दिन बीत चुके थे लेकिन वास्तविकता तो यही थी कि

अभी एक दिन भी पूरा नहीं हुआ था। लेकिन उसने सोचा "अगर मुझे चलते चलते कई दिन हो चुके होते; तो शायद! अब तक में चलने की हालत में भी नहीं रहता और मैं अब तक थका भी नहीं हूँ, यही मेरे लिए अच्छी बात है।"

रेगिस्तान में पैदल सफर तय करना अत्यंत दूभर होता है लेकिन वह उस रेगिस्तान में एक दौड़ में कई मील का सफर तय कर सकता था, बिना रुके, बिना थके। ये रहस्य उसे समझ नहीं आ रहे थे।

कुछ देर शांति से सोचने के लिए वह एक विशाल सूखे पेड़ के तने के सहारे बैठ गया।

कभी-कभी सफर में ठहर कर शांति से सोचना आगे के मार्ग को सरल बना देता है।

वह काफी देर तक वहाँ बैठ कर कुछ ना कुछ सोचता रहा। हज़ारों विचार उसके दिमाग में आए और चले भी गए।

"तुम इस भद्दी सी जगह पर कब से खड़े हो?" सुमित ने उस पेड़ से पूछा जो शायद ही कभी उसके प्रश्न का उत्तर देता।

काफी देर हो गई लेकिन उस पेड़ ने कोई जवाब नहीं दिया।

"तुम यहाँ कब से खड़े हो? कुछ तो बोलो, कोई तो मुझसे बात करो, कोई तो बताओ मैं कहाँ हूँ? क्यों हूँ? कैसे हूँ?" गुस्सा होने के साथ-साथ वह काफी दुखी भी हो रहा था।

उसका चिड़चिड़ापन और अकेलेपन का दुःख बढ़ता जा रहा था। वह बहुत परेशान था और बार-बार लगातार अपनी आँखों को भींच रहा था लेकिन आँसू आने का नाम तक नहीं ले रहे थे।

यह एक अजीब विडंबना थी, वह फूट-फूट कर रोना चाहता था लेकिन उसकी आँखों से मानो आँसू बिल्कुल सूख चुके थे।

'जब व्यक्ति अकेला होता है तो आवश्यकता से अधिक सोचने लगता है।' उसका अकेलापन उसके दिमाग पर हावी हो रहा था, वह बात करना चाहता था, अपनी समस्याओं को दूसरों को बताना चाहता था, अपने प्रश्नों के उत्तर पाना चाहता था; वह कहाँ था? उस वीरान रेगिस्तान में वह कैसे पहुँचा था? यह सब जो उसकी आँखों के सामने था, सत्य था भी या नहीं!

वो दुष्ट रेगिस्तान उसके लिए किसी रहस्य से कम नहीं था। उसका दिल बैठा जा रहा था, हजारों प्रश्न उसके मन में आ रहे थे, लेकिन उसकी जिज्ञासा शांत करने के लिए वहाँ कोई नहीं था।

उस वृक्ष ने भी उसके सवालों का कोई जवाब नहीं दिया, ईश्वर ने भी उसे अकेला छोड़ दिया था।

सुमित ने अपने मन को शांत करने के लिए अपना सारा गुस्सा उस पेड़ पर उतार दिया, उसने उस पेड़ को गुस्से में कई लातें मारीं लेकिन उस पेड़ ने 'आह' तक नहीं किया।

पेड़ सदा यही करते आए हैं, वे कभी अपने दुःख को बयाँ नहीं करते, कभी किसी को अपनी पीड़ा नहीं बताते।

ईश्वर ने उन्हें केवल देना सिखाया, वे बदले में कभी किसी से कुछ नहीं माँगते।

उस पेड़ पर अपना गुस्सा उतारने के बाद, सुमित कुछ देर तक शांति से खड़ा रहा।

"बेजुबान गधा!" यही दो आखरी शब्द थे जो सुमित ने उस बेचारे पेड़ से कहे थे।

मन ही मन वह उस पेड़ से माफी माँग रहा था लेकिन अगर वह उस पेड़ से माफी भी माँगता तो उसे कहाँ सुनाई देता क्योंकि ईश्वर ने उसे हमारी तरह कान नहीं दिए थे और अगर दिए होते तो हम मनुष्यों के कई रहस्य पेड़ों के पास होते।

उसे अचानक सिगरेट का स्मरण हो आया। वह जब भी परेशान होता था तो अक्सर सिगरेट पीता था। उसने आखरी बार सिगरेट कब पी थी? उसे याद नहीं था लेकिन उसे सिगरेट पीने की तीव्र इच्छा हो रही थी, ऐसी इच्छा जो पूरी नहीं हो सकती थी। लेकिन नशे कि तलब प्यास से भी अधिक दर्द देती है।

वह ईश्वर को नहीं मानता था लेकिन अगर उस बुरे समय में कोई उसे सिगरेट भी दे देता आकर तो संभवतः सुमित उसे ही अपना भगवान मान लेता।

सुमित उस बेजुबान पेड़ को अलविदा बोल कर आगे बढ़ चला, बिना किसी लक्ष्य के, बिना किसी मंज़िल के।

'ऐसा जीवन किसी के लिए भी पीड़ादायक और नीरस हो सकता है जिसमें कोई लक्ष्य नहीं होता।'

उसने चलते चलते पुनः सूर्य देव को देखा और देखा उस नीले आसमान को, आसमान में एक भी बादल नहीं था जिसमें वह अपनी पत्नी और अपनी बेटी कि आकृतियों को देखकर खुश हो सकता था, उन्हें याद कर सकता था।

अनमोल संबंधों से निर्मित होता है एक परिवार जिसकी यादें सुमित के दिमाग में कमजोर पड़ चुकी थीं। उसे कुछ भी याद नहीं था लेकिन धीरे-धीरे उसे अपना परिवार याद आ रहा था जिसके बिना वह एक दिन भी नहीं रह सकता था।

जितना उसे याद आ रहा था, उसका दुःख उतना ही बढ़ता जा रहा था। वह सोच सोच कर पागल हुआ जा रहा था कि आखिर उसके साथ हुआ क्या था? उसे कुछ ठीक से याद क्यों नहीं आ रहा था? वह अपना परिवार भूल क्यों गया था?

उसने अपना पूरा जीवन याद करने के लिए अपने दिमाग पर बहुत ज़ोर डाला, सोचते सोचते उसे पीड़ा होने लगी, उसका सिर दर्द से फटने लगा, उसने अपना माथा पकड़ा और घुटनों के बल रेत पर गिर गया।

उसे अपनी यादों में एक बस दिखाई दी जो यात्रियों से भरी हुई थी। उसने आसपास बैठे लोगों को देखा, सबके चेहरे डरावने और धुँधले थे।

उसका दिल जोरों से धड़क रहा था, वह तीव्रता से हाँफ रहा था, वह घबराया और डरा हुआ था। अचानक एक विस्फोट हुआ और चारों ओर श्वेत दिव्य प्रकाश फैल गया। उस अद्भुत दिव्य प्रकाश का ज़िक्र उसकी माँ करती थीं, वह हमेशा उस दिव्य प्रकाश को देखना चाहती थीं। अगर वह दृश्य उसकी माँ देख लेतीं तो उन्हें परमानंद कि प्राप्ति हो जाती लेकिन शीघ्र ही वह प्रकाश कहीं लुप्त हो गया।

सुमित ने अपनी आँखें खोलीं, वह अब भी उसी मनहूस रेगिस्तान में था। सुमित समझ नहीं पा रहा था, उसे ऐसे दृश्य क्यों दिखाई दिए। उसे याद ही नहीं आ रहा था कि उसके साथ उस बस में हुआ क्या था?

"यदि यह आपकी कोई माया है, तो मुझे इससे बाहर निकालिए प्रभु!" ऐसा कहते हुए सुमित को बहुत अजीब लगा, ना जाने उसने ऐसा क्यों

कहा? क्योंकि वह भगवान को बिल्कुल नहीं मानता था।

'समस्याओं से घिरा व्यक्ति हर उस चीज़ से उम्मीद करता है जिसकी वह कभी परवाह तक नहीं करता।'

उसने चलने कि अपनी गति बढ़ा दी, यह सोच कर कि कभी न कभी यह रेगिस्तान अवश्य पार हो जाएगा और उसे शीघ्र ही अपने घर लौटने का मार्ग मिल जाएगा।

चलते चलते वह एक ओर पेड़ के पास पहुँचा। उस पेड़ को देखकर सुमित को उस पर बहुत दया आयी। वह पेड़ अभी छोटा था लेकिन उसे अपना संपूर्ण जीवन वहीं बिताना था। कम से कम वहाँ से बच निकलने के लिए सुमित के पास पैर तो थे, लेकिन उस बेचारे पेड़ को अपना पूरा जीवन उस मनहूस रेगिस्तान में ही अकेले बिताना पड़ेगा।

"शहरों में अधिकतर लोग केवल मूर्ति पूजा करते हैं और वृक्षों को काटकर अपने आशियाने बसा चुके हैं। किंतु गाँव में लोग आज भी नीम, पीपल और बरगद जैसे वृक्षों को भगवान का रूप मानते हैं और लोग वृक्षों की पूजा करते हैं।

न जाने लोग भगवान कि पूजा कैसे करने लगे? जबकि वह तो दिखाई भी नहीं देते लेकिन वृक्ष प्रत्यक्ष रूप में हमारे सामने होते हैं, हमारी सभी आवश्यकताओं का ध्यान रखते हैं, हमें प्राण वायु देते हैं अर्थात् जो कार्य ईश्वर का है, वे कार्य वास्तव में हमारे लिए वृक्ष करते हैं।" वृक्षों के प्रति ऐसी भावनाएं उसके मन में पहली बार नहीं आ रही थीं, वह हमेशा से ऐसा ही सोचता आया था।

"मैं अब तक बहुत दूर आ चुका हूँ!" उसने स्वयं से कहते हुए पीछे मुड़कर देखा, वह इतनी दूर आ चुका था कि वह वृक्ष भी अब उसे दिखाई नहीं दे रहा था।

"मेरे हिसाब से काफी समय बीत चुका है, पर सूरज ढलने का नाम ही नहीं ले रहा, यह अभी भी मेरे सिर पर खड़ा है। अगर मैं इसे घूर कर देखता हूँ तो यह वापस पलट कर उल्टा मुझे घूरने लगता है।

मैं जब भी इसे देखता हूँ तो यह अपनी ऊष्मा का प्रदर्शन करते हुए और ज़्यादा चमकने लगता है और फिर मुझे हार मानकर अपनी नजरें झुकानी पड़ती हैं।

इस वीरान रेगिस्तान में मैं कब से अकेला चल रहा हूँ? क्या मैं जीवन भर ऐसे ही भटकते रहूँगा?"

इस जगह के रहस्य से अनजान वह बस सीधे चलते जा रहा था। यह कभी न खत्म होने वाला दिन उसकी पीड़ा को ओर बढ़ा रहा था। वह नहीं जानता था कि वो रेगिस्तान कितना बड़ा था? लेकिन जहाँ तक उसकी नज़र जा रही थी, उसे बस रेत ही रेत दिखाई दे रही थी।

उसके सिवा वहाँ दूर-दूर तक कोई भी जीवित प्राणी नज़र नहीं आ रहा था, तो इस बात की उम्मीद करना भी उसके लिए मूर्खता थी कि उस वीरान रेगिस्तान में उसे कोई और भी मिलेगा।

"पता नहीं! मैं इस अजीब सी जगह पर कैसे पहुँच गया जहाँ;
सूर्य अस्त होने का नाम नहीं लेता,
पीने के लिए पानी नहीं मिलता,
पेड़ों पर पत्ते नहीं हैं,
आँखों में नींद नहीं है,
वायु में प्रवाह नहीं है,
सिगरेट नहीं है,
यादें नहीं हैं,
कहने को कोई अपना नहीं है।"
उसका अंतिम वाक्य अत्यंत भावुकता से भरा था।

2

रेगिस्तान के रहस्य

अचानक किसी ने पीछे से उसके दाएँ कंधे पर अपना हाथ रखा जिसके कारण वह डरकर चीख पड़ा, उसकी खुद कि आवाज़ से उसके कान फट गए। अगर आसपास पेड़ों पर कबूतर बैठे होते तो वे भी उसकी चीख से डरकर उड़ जाते।

उसकी चीख से कुछ देर के लिए रेगिस्तान का सन्नाटा भंग तो हुआ लेकिन जल्द ही रेगिस्तान फिर से अपनी सामान्य स्थिति में आ गया।

जब उसने पीछे पलट कर देखा तो उसके सामने एक बेहद सुंदर लड़की खड़ी थी।

उसे अपनी आँखों पर तनिक भी विश्वास नहीं हो रहा था। उसने मन में विचार किया कि शायद उसके सपने में अब नए पात्रों का आगमन होने लगा है। पहले तो वह स्वयं को ऐसे स्थान पर पाता है जहाँ दूर-दूर तक लोगों की आहट तक नहीं थी, फिर अचानक उसे एक लड़की मिलती है, जो शायद उसकी बीच मझधार में फंसी नौका को किनारे लगाने आई थी।

भले ही वह उस लड़की को अपनी कल्पना मात्र समझ रहा था लेकिन उस लड़की के आने से निराशा के कुछ बादल तो कम हुए ही थे।

उस लड़की का स्वरूप किसी अप्सरा से कम नहीं था। चेहरे का दिव्य प्रकाश, अति सुंदर आँखें, मस्तक पर स्वर्ण मुकुट उसके ललाट को सूर्य के प्रकाश में अद्भुत दिव्यता प्रदान कर रहे थे।

उस लड़की को अपने सामने देख उसकी खुशी का कोई ठिकाना नहीं रहा, इतनी खुशी से कोई भी सामान्य व्यक्ति हार्ट अटैक से मर सकता था लेकिन उसे कुछ भी नहीं हुआ।

सुमित तुरंत उसके गले पड़ गया और उस लड़की से लिपटकर जोर-जोर से आवाज निकाल कर रोने लगा लेकिन जिस तरह रेगिस्तान का पानी सूख चुका था, वैसे ही उसकी आँखें भी सूख चुकी थीं। उसकी सूखी लाल आँखों से आँसू की एक बूँद तक नहीं निकली।

जब उसका ध्यान खुद कि रोने की आवाज़ पर गया तो उसे अपने बचपन कि एक बात याद आई, उसके पिता अक्सर कहते थे "लड़के रोया नहीं करते।"

"क्या लड़के रो नहीं सकते?" उस लड़की की मधुर आवाज उसके कानों में पड़ी। सुमित अचानक उससे दूर हट के खड़ा हो गया।

"क्या लड़कों को रोने की स्वतंत्रता नहीं होती? क्या उनके पास भावनाएँ नहीं होतीं? हमारा दुख हमारी आँखों से बह जाए, यही हमारे लिए उचित होता है।" वह मुस्कुरा कर बोली जैसे वह सब कुछ जानती हो।

सुमित उसकी मुस्कुराहट पर मोहित हो गया और उसकी बात से सहमत हुआ लेकिन वह उसे अपनी कल्पना मात्र समझ रहा था। उसे उस लड़की को एक बार फिर से गले लगाने की इच्छा हुई।

"क्या मैं तुम्हें एक बार फिर से गले लगा सकता हूँ?" सुमित ने बेझिझक पूछा, आखिर अपनी कल्पनाओं को गले लगाने से कौन रोक सकता था।

"बिल्कुल।" लड़की को इस बात से कोई परेशानी नहीं थी।

सुमित मुस्कुराया और फिर से चुंबक की तरह उससे चिपक गया, वह पूरे दिन ऐसे ही खड़े रह सकता था। उस लड़की से मिलने के बाद उसे पहली बार अकेलेपन का डर महसूस हुआ।

उसे डर था कि कहीं वह फिर से अकेला ना पड़ जाए इसलिए वह उस लड़की को काफी देर तक गले लगाए खड़ा रहा और उस लड़की ने भी उसका कोई विरोध नहीं किया।

"अगर यह मेरा कोई सपना है, तो यहीं टूट जाए और अगर यह सब सच है, तो ये समय यहीं पर थम जाए।" उसने मन में बार-बार यही विचार किया।

उस लड़की को गले लगाने के बाद उसने एक अलग सी ऊर्जा को महसूस किया। उसका स्पर्श बेहद मुलायम था और उसका देह काफी गर्म था, उसकी कोमलता के आगे फूल भी अर्थहीन थे। उसके बाल इतने चिकने थे कि पानी कि एक बूंद भी उन पर ठहर नहीं सकती थी। उस रेगिस्तान की अनंत शांति में सुमित उस लड़की के दिल की धड़कनों को साफ साफ सुन पा रहा था।

उन धड़कनों को सुनते हुए उसे अपनी पत्नी का स्मरण हो आया। उसकी पत्नी अक्सर उसके सीने पर अपना सिर रखकर उसके धड़कते हुए दिल की आवाज़ सुनती थी।

वह सुमित से बहुत प्यार करती थी। अगर वह किसी अजनबी लड़की से प्यार से दो मीठी बातें भी कर लेता था तो उसकी पत्नी उससे चिड़ जाती थी।

अगर उसकी पत्नी उसे इस हालत में देख लेती तो उसे मार ही डालती लेकिन अच्छी बात यह थी कि ये सब देखने के लिए वो वहाँ मौजूद नहीं थी।

वह शायद पूरे दिन उस लड़की से जोंक की तरह चिपका रहता, अगर उसे अपनी पत्नी का ख्याल नहीं आया होता।

सुमित एक बार फिर उस लड़की से दूर हट कर खड़ा हो गया। भले ही यह सब उसकी कल्पना हो लेकिन कहीं ना कहीं उसे यह सब वास्तविक प्रतीत हो रहा था। अब वह उस निर्जन रेगिस्तान में अकेला नहीं था। अब उसके साथ एक खूबसूरत लड़की भी थी, जिसका रूप किसी अप्सरा से कम नहीं था।

उस लड़की को देखकर वह गहरी सोच में पड़ गया, उस लड़की कि सुंदरता उसे खटक रही थी। उसके सफेद कपड़े उस धूल भरे रेगिस्तान में चमक रहे थे, रेत की तरह भूरी आँखें, गहरे काले बाल जो सोने कि झालर से एकत्रित होकर बंधे हुए थे, सिर पर एक स्वर्ण मुकुट और हाथों में सोने

के कंगन थे।

अगर यह सुमित कि कोई कल्पना थी, तो वह अपनी पत्नी कि भी कल्पना कर सकता था। आखिर उसे वह अजनबी लड़की ही क्यों दिखाई दे रही थी जिसे उसने कभी देखा तक नहीं था। उसका सौंदर्य उस धूल भरे रेगिस्तान में ज़रा सा भी धूमिल नहीं हुआ था।

ऐसा विचित्र स्वरुप किसी रेगिस्तानी लड़की के लिए उपयुक्त नहीं था। वह किसी देवी से कम नहीं लग रही थी।

सुमित खुद उस रेगिस्तान में कैसे पहुँचा था, अब उस रहस्य से बड़ा रहस्य उसके लिए यह बन गया था कि वह लड़की कौन थी? और अचानक उस रेगिस्तान के बीचों-बीच कहाँ से आ टपकी थी?

सुमित को मन ही मन यह संदेह हुआ कि अभी कुछ देर पहले ही वह ईश्वर के बारे में सोच रहा था और अपने अकेलेपन का रोना रो रहा था कि अचानक इस बीच रेगिस्तान में यह लड़की कहाँ से आ धमकी थी?

"कौन हो तुम? सुमित ने विचलित होकर पूछा। जहाँ दूर-दूर तक कोई दिखाई नहीं दे रहा, केवल रेत ही रेत फैली हुई है, वहाँ अचानक तुम्हारी जैसी सुंदर लड़की का प्रकट हो जाना असंभव है।"

"कहीं तुम मेरी कोई कल्पना तो नहीं!" अपने विचलित मन को शांत करने के लिए वह स्वयं से ही बात कर रहा था। उसने सन्देह भरी निगाहों से उस लड़की को देखा और लगातार देखता रहा।

उस लड़की का चेहरा असामान्य था, उसके चेहरे पर विस्मय का कोई भाव तक नहीं था, डर का नामोनिशान नहीं था। उसकी आँखों कि चमक सूर्य के प्रकाश से भी अधिक दीप्तिमान थी। वह मुस्कुरा रही थी, उसकी मुस्कुराहट में कई रहस्य दबे हुए थे जैसे वह उस रेगिस्तान के बारे में सब कुछ जानती हो।

"तुम अपना रास्ता भटक चुके हो। अब आओ, मैं तुम्हें तुम्हारा मार्ग दिखाऊँगी। मैं तुम्हें पवित्र दीवार तक ले जाऊँगी, पवित्र दीवार के आते ही तुम्हें दक्षिण की ओर जाना है और सीधे चलते रहना है, जब तक तुम अपने गंतव्य तक ना पहुँचो।" उस लड़की ने कहा।

"मतलब?" सुमित ने पूछा। उसकी बात सुमित को समझ नहीं आई।

"मतलब, मेरा नाम मुक्ति है। मैं भटकी हुई आत्माओं को उनकी राह दिखाती हूँ। अब चलो मेरे साथ, तुम अधिक समय तक यहाँ नहीं रह सकते।" इतना कहते ही वह चल पड़ी, पवित्र दीवार की ओर।

उसकी आवाज़ में एक अजीब सा आकर्षण था। जब जब वह बोलती, तब तब सुमित के कंठ से एक स्वर तक नहीं निकलता। वह बिना रोक-टोक उसकी बातें सुनता रहता। जब उसने अपनी बात समाप्त की तब सुमित वशीकरण मुक्त हुआ। सुमित मुक्ति के पीछे पीछे चल रहा था।

"भटकी हुई आत्मा!" सुमित के मुंह से आश्चर्य से भरी हुई एक हल्की सी आवाज़ निकली। तुम्हारा कहने का मतलब है, मैं मर चुका हूँ।"

यह बात सुनकर वह आश्चर्यचकित रह गया और उसने ध्यान दिया कि शायद इसीलिए वह जब से उस रेगिस्तान में उठा था अपने शरीर को महसूस नहीं कर पा रहा था।

सुमित ने अपनी धड़कनों को सुनने का बहुत प्रयास किया , लेकिन उसे अपने दिल की धड़कनों का एक अंश तक महसूस नहीं हुआ। उसे अभी भी मुक्ति की बात पर विश्वास नहीं हो रहा था।

वह विचलित हो उठा और उसने बहुत जोर देकर अपनी मौत को याद करने की कोशिश की, उसे कुछ दृश्यों के साथ एक धमाके की आवाज़ फिर से सुनाई दी। लेकिन वह कुछ भी याद नहीं कर पाया।

वह एक पल के लिए अपने आप को पागल समझने लगा था और खुद से ही बातें किए जा रहा था।

"मैं जानता हूँ कि इस रेगिस्तान ने मुझे पागल कर दिया है इसलिए मैं दिनदहाड़े सपना देख रहा हूँ।

मुझे पता है, जब रेगिस्तान में किसी को पानी नहीं मिलता तो वह प्यास के मारे तड़पने लगता है और फिर वो क्षण आता है जब उसे मृगतृष्णा दिखाई देती है, तब उसे जल से भरे हुए सरोवर दिखाई देते हैं, वह जितना उनके करीब जाता है सरोवर उतना ही दूर चले जाते हैं। उसी तरह तुम भी मुझसे दूर जा रही हो और मैं पागलों कि तरह तुम्हारे पीछे चल रहा हूँ।

लोगों को रेगिस्तान में मृगतृष्णा के कारण पानी दिखाई देता है लेकिन मुझे एक लड़की दिखाई दे रही है, अजीब बात है!"

"मैं जानती हूँ, तुम इतनी जल्दी विश्वास नहीं करोगे। तुम एक नास्तिक जो ठहरे। मैं पहले भी तुम्हारे जैसे कई लोगों से मिली हूँ। जो ईश्वर पर विश्वास नहीं करते।

जिस प्रकार वृक्ष अपने पुराने पत्तों को त्याग कर, नए पत्तों को जन्म देते हैं, ठीक वैसे ही मनुष्य भी अपने पुराने विचारों को त्याग कर नए विचारों को अपना सकता है, इसलिए अब तुम ईश्वर पर विश्वास कर सकते हो।" मुक्ति ने कहा।

"सही कहा तुमने।" सुमित ने बोलना शुरू किया। लेकिन **पत्ते बदल लेने से जड़ें नहीं बदल जातीं**, मनुष्य अपने विचारों को बदल अवश्य सकता है लेकिन उन्हें पूर्ण रूप से त्याग नहीं सकता। ईश्वर को ना मानने के मेरे पास कई कारण थे, लेकिन फिर भी मैंने अपने विचारों को ईश्वर के प्रति सकारात्मक रखा।

लेकिन इन सब चीज़ों से क्या फर्क पड़ता है, मृत्यु तो एक दिन आनी ही है, अच्छा बनने से या ईश्वर की पूजा करने से मनुष्य अपनी मृत्यु नहीं टाल सकता।

"हाँ, लेकिन अच्छे कर्म करके वह अपना जीवन सुखमय अवश्य बना सकता है।" वे दोनों रेत के एक टीले पर खड़े होकर रुक गए।

ज़रा देखो इस रेगिस्तान को। पता है, यह इतना शांत क्यों है! क्योंकि यह मनुष्य के गुण दोषों से बहुत दूर है। यहाँ केवल पवित्र आत्माओं का ही आना संभव है। यहाँ द्वेष, लालच, ईर्ष्या, मोह और सभी इच्छाएँ समाप्त हो जाती हैं।

ईश्वर हमेशा हमारे साथ रहते हैं, बस लोगों का देखने का दृष्टिकोण अलग अलग होता है। अगर आसमान में देखोगे तो हमेशा उम्मीद नज़र आएगी और नीचे देखोगे तो सिर्फ रेत।"

मुक्ति की बातें सुनकर सुमित के दिमाग में अचानक एक नाम कौंधा 'सविता!' वह नाम उसकी पत्नी का था।

"सविता!" यह नाम लेते समय सुमित के हृदय में प्यार उतर आया, और वह गहरी सोच में पड़ गया।

"क्या हुआ?" मुक्ति ने पूछा

"कुछ नहीं!" सुमित ने उदासी में जवाब दिया। सविता मेरी पत्नी का नाम है जो मुझे बिल्कुल अभी अभी याद आया। मेरे ख्यालों में मुझे बार-बार एक छोटी बच्ची दिखाई देती है, ऐसा लगता है जैसे वह मेरी ही बेटी हो।

मुझे अपने जीवन के बारे में कुछ भी सही से याद नहीं आ रहा। मुझे मेरा परिवार तो याद है, लेकिन उनके चेहरे मेरी यादों में धुंधले पड़ चुके हैं। पता नहीं मेरे साथ क्या हो रहा है?

इस वीरान रेगिस्तान का अकेलापन किसी को भी पागल कर सकता है और शायद! मैं पागल हो भी चुका हूँ।

और अगर मैं मर चुका हूँ तो मरने के बाद तो हमें स्वर्ग या नर्क में जाना चाहिए ना?"

"तुम नर्क में ही हो।" मुक्ति ने जवाब दिया। स्वर्ग जैसी कोई चीज नहीं होती। ईश्वर सबको समान अवसर देते हैं, अपना भविष्य रचने के लिए, वे मनुष्यों को पूर्ण स्वतंत्रता देते हैं। मनुष्य स्वच्छंद होते हैं, अपना जीवन जीने के लिए, अपने निर्णय लेने के लिए और अपने धर्म पर चलने के लिए।

जो लोग अपने धर्म को निभाते हुए, सत्य पर चलते हैं केवल उन्हीं लोगों को ईश्वर मोक्ष प्रदान करते हैं।

'आत्मा अमर है, कभी नहीं मरती, वो परमात्मा के अंश के रूप में धरती पर जाती है और उस नश्वर शरीर के अंत होने के बाद पुनः परमात्मा में विलीन हो जाती है।' इसलिए तुम भी अब उन्हीं के सानिध्य में जा रहे हो।

लेकिन सत्य कहूँ तो इस युग में कोई भी मनुष्य मोक्ष प्राप्त करने योग्य नहीं है, तुम भी नहीं। क्योंकि मनुष्य जैसा कपटी, पापी, नीच, लंपट, ईर्ष्यालु, नकारात्मक विचारों वाला और कोई प्राणी नहीं है।"

"ठीक है, ठीक है। मैं समझ गया।" सुमित ने झुंझलाकर कहा। वह इससे ज्यादा मनुष्यों की बुराई नहीं सुन सकता था।

"ये पवित्र दीवार का क्या मतलब है?" सुमित ने कुछ देर शांत रहने के बाद पूछा।

मुक्ति के होठों पर एक प्यारी सी मुस्कान खिल गई लेकिन बोलने से पहले उसके चेहरे पर एक अजीब सी गंभीरता छा गई जैसे वह कोई गुण रहस्य बताने जा रही हो।

"बहुत कम आत्माओं को ही पवित्र दीवार के बारे में जानने का अवसर मिलता है इसलिए तुम बहुत भाग्यशाली हो जिसे पवित्र दीवार के बारे में जानने का सौभाग्य प्राप्त हुआ।" मुक्ती ने कहा

पवित्र दीवार कि व्याख्या करते समय उसके चेहरे पर एक विचित्र सी प्रसन्नता थी। वह उस रेगिस्तान में अकेली थी, जो उस स्थान के रहस्यों को जानती थी, पहली बार उसे इस बात के लिए स्वयं पर गर्व हो रहा था।

"तुमसे पहले मैंने कभी किसी आत्मा से इतनी बातें नहीं कीं, अन्यथा मैं तो स्वयं से भी बातें करना भूल गई थी।

पवित्र दीवार कि रचना स्वयं ईश्वर ने की थी इसलिए वह दीवार पूजनीय है जो ईश्वर कि तरह कभी समाप्त नहीं होती। जिस प्रकार भगवान का ना आदि है - ना अंत, उसी प्रकार उस दीवार का भी ना आदि है - ना अंत। आज तक मैंने भी कई असंख्य प्रयास किए दीवार के छोर तक पहुँचने के लिए लेकिन मैं हर बार विफल रही।

वह दीवार संकेत है, उस जीवन का जो कभी समाप्त नहीं होता, अर्थात आत्माओं का जीवन। पवित्र दीवार तुम्हारे पुनर्जन्म का मार्ग प्रशस्त करेगी। लेकिन उसके बाद तुम्हें कुछ भी याद नहीं रहेगा तुम अपना पुराना जीवन त्याग कर, नया जीवन अपना लोगे।"

"शायद तुम्हें लगता है जो बातें तुम बता रही हो, वो मैं नहीं जानता लेकिन तुम्हारी जानकारी के लिए बता दूँ, मैं ऐसी बातें हजारों बार सुन चुका हूँ।" सुमित ने मुक्ति को टोकते हुए कहा।

ऐसी बातें सुमित अक्सर अपनी माँ और अपनी पत्नी से भी सुनता था। वे दोनों आस्था कि चलती फिरती मूरत थीं। उसकी कट्टर हिंदू माँ जो भगवान विष्णु को मानती थीं और सदा-सर्वदा उन्हीं कि भक्ति में लीन रहती थीं।

वह भी पुनर्जन्म जैसी भ्रांतियों पर विश्वास करती थीं और उचित कर्मों के साथ अपना जीवन जीने की सलाह देती थीं, ताकि हमारा अगला जीवन सुखमय हो अर्थात ऐसा जीवन जिसमें आपको कभी कोई दुख

नहीं होगा किंतु मनुष्य ये भूल जाता है कि 'सुख का मूल्य दुख से ही पता चलता है और जीवन का मूल्य मृत्यु से ही पता चलता है।'

माँ के विपरीत सुमित कि पत्नी प्रत्येक भगवान को मानती थी, चाहें वह किसी भी धर्म, जाति, लिंग के ही क्यों ना हों। उसका मानना था कि भगवान एक हैं इसलिए वह एकेश्वरवाद के सिद्धांत का पालन करती थी; अर्थात हम सब को बनाने वाला ईश्वर एक ही है जिसे प्रत्येक मनुष्य अपनी अपनी आस्था के अनुसार अलग-अलग रूपों में पूजता है।

उसका मानना था कि ऐसा कभी नहीं हुआ होगा कि ब्रह्मा ने हिंदुओं को बनाया और मुसलमानों को नहीं और ऐसा भी कभी नहीं हुआ होगा कि अल्लाह ने मुसलमानों को बनाया हो और हिंदुओं को नहीं।

"मैंने कभी इन बातों को सत्य नहीं माना, मैं हमेशा इहलोक पर यकीन करता रहा। परलोक के बारे में ना मैंने कभी सोचा और ना मैंने कभी माना। मेरे जैसे लाखों मनुष्य हैं जो केवल उस लोक को वास्तविक मानते हैं, जो उनके सामने है।

उनके लिए ना जन्म से पहले कुछ हुआ था और ना मृत्यु के बाद कुछ होगा। जो उनकी आँखें देखती हैं, उनके लिए केवल वही सत्य है और कुछ भी नहीं।

वे लोग इस बात से बिल्कुल नहीं डरते कि उनके बुरे कर्मों का दंड उनके अगले जन्म में मिलेगा क्योंकि वह आत्माओं को नहीं मानते, वे पुनर्जन्म को नहीं मानते। आस्तिक ईश्वर से डरते हैं और नास्तिक कानून से।

ये डर ही तो है जो ब्रह्मांड का संतुलन बनाए हुए है, वरना अब तक तो मनुष्यता ही मर हो चुकी होती।"

अचानक सुमित बोलते बोलते चुप हो गया। उसे पृथ्वी के भयानक सच याद आ रहे थे लेकिन उसे अब भी यह याद नहीं आया था कि उसकी मृत्यु कैसे हुई थी?

"क्या सालों से मेरे सिवा और कोई भी नहीं मरा?" सुमित ने एक संदेह भरा सवाल पूछा।

मतलब! इतनी देर से हम आत्माओं कि बातें कर रहे हैं लेकिन मेरे सिवा मुझे बाकी आत्माएँ दिखाई क्यों नहीं दे रही हैं? बाकी कि आत्माएँ

कहाँ हैं? मुझे पता है एक साधारण मनुष्य आत्मा नहीं देख सकता लेकिन एक आत्मा तो दूसरी आत्मा को देख सकती है। है ना!"

मुक्ति ने हाँ में अपना सिर हिलाया।

"बड़े ही अजीब नियम हैं, तुम्हारे भगवान के।" सुमित ने हँसते हुए बोला

"अजीब तो मनुष्य होते हैं, भगवान नहीं।" मुक्ति ने भक्ति भाव से कहा। उनके नियम सबके लिए एक समान हैं, वे कभी किसी के साथ भेदभाव नहीं करते।"

"अच्छा! तो मैं तुम्हें एक बात बताता हूँ, ध्यान से सुनना।" सुमित ने कहा। पृथ्वी पर कोई भी यह साबित नहीं कर सकता कि भगवान हैं या नहीं इसलिए वे सभी मनुष्य जो ईश्वर को नहीं मानते अज्ञान के अंधकार में जीते हैं, जिस प्रकार मैं जी रहा था।

मैं बचपन से ही ऐसे लोगों के बीच रहा जो भगवान को मानते थे लेकिन फिर भी मैं नास्तिक बना। भगवान पर विश्वास ना होने के बाद भी मैंने हमेशा अच्छे कर्म किए, हमेशा दूसरों का भला किया। मेरी जिंदगी में बुरे से बुरा समय आया लेकिन उसका दोषी मैंने कभी भगवान को नहीं ठहराया क्योंकि मैं उन्हें नहीं मानता था और यही मेरी सबसे बड़ी ताकत थी। मैंने कभी उनके सामने हाथ नहीं फेलाए, कभी उनके भरोसे नहीं बैठा।

धरती पर हो रहे हर अत्याचार और हर पाप के लिए मैंने हमेशा मनुष्यों को दोषी ठहराया। पर आज मैं यह जानता हूँ कि भगवान होते हैं लेकिन फिर भी वे धरती पर हो रहे पाप का अंत क्यों नहीं करते? क्यों मनुष्य को मनुष्य से लड़वाते हैं? क्यों मनुष्यों को दुःख देते हैं? क्यों गरीबों को धन नहीं देते? क्यों भूखों का पेट नहीं भरते? आस्था के नाम पर ढोंग करने वालों को दंड क्यों नहीं देते? दुखियों को सुख क्यों नहीं देते? क्यों नारियों के सम्मान की सुरक्षा नहीं करते? क्यों पृथ्वी पर हो रहे आतंकवाद को नहीं रोकते? क्यों उनके होते हुए भी धरती पर पाप है, पाप करने वाले पापी हैं? क्यों? क्यों? क्यों?

और तुम कहती हो, वे किसी के साथ भेदभाव नहीं करते। मुझे तो यह भी याद नहीं कि मेरी मौत कैसे हुई थी? शायद! उसमें भी उन्होंने कोई

भेदभाव किया हो।"

"मैंने तुमसे पहले ही कहा था कि ईश्वर ने प्रत्येक मनुष्य को समान अवसर दिए हैं, अपना जीवन जीने के लिए इसलिए उनके जीवन में जो भी हुआ था, जो भी होता है और जो भी होगा, उनके कर्मों का ही फल होगा इसलिए उनका भविष्य उनके ही हाथों में होता है। वे जैसा चाहें, वैसा भविष्य बना सकते हैं।

'अपनी पूर्ण दृढ़ता के साथ अपने लक्ष्य की ओर बढ़ने वालों का तो स्वयं ईश्वर भी साथ देते हैं और उन्हें कुछ प्राप्त नहीं होता जो हमेशा अपनी समस्याओं का दोषी ईश्वर को बताते हैं और अपने लक्ष्य को पाने के लिए स्वयं प्रयास तक नहीं करते।'

ईश्वर किसी एक के नहीं, बल्कि सबके हैं। वे केवल तुम्हारी इच्छाओं को पूरी करने के लिए किसी अन्य कि इच्छा का अपमान नहीं कर सकते और किसी ओर कि इच्छा पूरी करने के लिए तुम्हारी इच्छाओं को बाधित नहीं कर सकते।

इसलिए धरती पर सब कुछ संतुलित है, लेकिन तुम चिंता मत करो क्योंकि तुम शीघ्र ही इस ब्रह्मांड के परम सत्य को जान लोगे जिसे जानने के लिए तुम अपने पूरे जीवन ललाहित रहे।" मुक्ति कि वाणी किसी को भी अपने वश में कर सकती थी।

इस बार मुक्ति कि बात सुनकर सुमित संतुष्ट था क्योंकि ईश्वर पर विश्वास करने से पहले उसके भी यही विचार थे। लेकिन सुमित यह जानने के लिए अधीर हो रहा था कि शीघ्र ही उसे ऐसा क्या पता चलने वाला था जिसके बाद उसके सभी प्रश्न समाप्त होने वाले थे। वह ऐसा क्या देखने वाला था जिसे देखकर उसका मन शांत होने वाला था, जिसे देख कर उसकी जिज्ञासा समाप्त होने वाली थी।

3

पवित्र दीवार

"वो देखो!" सुमित कि सोच में विघ्न डालते हुए मुक्ती ने कहा।

"हम पहुँच गए, वो रही पवित्र दीवार जो आगे कि राह में तुम्हारा सहारा बनेगी, तुम्हें तुम्हारे गंतव्य तक ले जाएगी।" मुक्ती ने पवित्र दीवार की ओर इशारा किया जो वहाँ से साफ साफ दिखाई दे रही थी।

वे दोनों ही रेत के टीले पर खड़े होकर रुक गए, दोनों काफी देर तक चुपचाप उस दीवार को देखते रहे। मुक्ति परेशान और दुखी थी, अचानक उसकी आँखें आँसुओं से भर गईं, वह खुद नहीं समझ पाई कि उसे अचानक क्या हुआ था?

"क्या तुम रो रही हो?" उसकी आँखों में भरे आँसुओं को देखकर सुमित ने मुक्ति से पूछा।

"तुम रो क्यों रही हो?" उसने बड़ी सहानुभूति से दुबारा पूछा।

"मैं रो नहीं रही हूँ।" आँसुओं से भरी हुई मुक्ति अचानक ज़ोर से हसकर बोली। मुक्ति ने सुमित के दोनों हाथों को अपने हाथों में पकड़ लिया, वह आत्माओं को देख सकती थी, सुन सकती थी और उन्हें छू भी सकती थी।

"मैं रो नहीं रही हूँ, इस रेगिस्तान के अकेलेपन में मैं भूल ही गई थी कि मेरे पास भी एक हृदय है, जो धड़कता है। मैंने बहुत समय के बाद किसी से इतनी बातें की थीं। लेकिन अब मेरा कार्य पूरा हुआ, अब मुझे जाना होगा।" मुक्ति की आवाज़ में बहुत दर्द भरा हुआ था, उसकी आँखों

से आँसू टपक रहे थे।

वह कुछ देर तक लगातार सुमित कि आँखों में देखती रही जैसे उन आँखों को वह दोबारा कभी नहीं देख पाएगी, तभी उसकी दाहिनी आँख से एक आँसू कि बूँद निकल कर, उसके गाल से सरकती हुई, सुमित के बाएं हाथ पर गिरने के बाद उसके हाथ के आरपार निकलकर रेत पर जा गिरी।

अचानक मुक्ति सुमित कि आँखों से ओझल हो गई, मुक्ति के हाथ धुएँ कि तरह सुमित के हाथों से उड़ गए, जिन्हें सुमित पकड़ कर रोक तक नहीं पाया। उसने अपने दोनों हाथों को देखा जो कुछ देर पहले मुक्ति के हाथों में थे।

उसने चारों ओर अपनी निगाह दौड़ाई लेकिन उसे दूर दूर तक कोई नहीं दिखाई दिया। वह मुक्ति को ढूंढने के लिए इधर-उधर भागने लगा... "मुक्ति! मुक्ति! मुक्ति!"

वह जोर-जोर से मुक्ति का नाम चिल्ला रहा था, उसने कई बार मुक्ति को पुकारा। अब वो वापस कभी नहीं आने वाली थी क्योंकि उसका काम खत्म हो चुका था। जिस तरह मुक्ति उस रेगिस्तान में प्रकट हुई थी, उसी तरह सुमित को बीच रेगिस्तान में छोड़ हवा हो गई, वह वापस नहीं आई।

मुक्ति के जाने के बाद, वह एक बार फिर से उस रेगिस्तान में अकेला था। लाचारी और निराशा से घिरा हुआ मन उसे परेशान कर रहा था। शायद उसका यह कष्ट अभी ओर लंबा चलने वाला था। उसने इस तरह किसी को अपनी आँखों के सामने से अचानक गायब होते हुए कभी नहीं देखा था।

सुमित ने काफी लंबा सफर मुक्ति के साथ तय किया था, उससे बातें की थीं और उसे छुआ भी था।

वह उस रेत पर घुटनों के बल बैठकर लगातार मुक्ति के बारे में सोच रहा था, जो अब उसके साथ नहीं थी। उसे रोने की तीव्र अभिलाषा हुई लेकिन वह सिसकियाँ तो भर पाया, पर हर बार कि तरह इस बार भी, उसकी सूखी लाल आँखों से आँसू की एक बूंद भी बाहर नहीं निकली।

मुक्ती बहुत भाग्यशाली थी जो अपने आँसुओं के साथ अपनी भावनाओं को प्रकट कर सकती थी, जो सुमित के नसीब में नहीं था।

जल्द ही सुमित का ध्यान उस दीवार पर गया जो किसी बॉर्डर की तरह उस रेगिस्तान को दो भागों में बांट रही थी। उस दीवार को देखकर वह खुश हुआ, कम से कम वह दीवार अभी भी अपने स्थान पर मौजूद थी।

लेकिन यह सोचकर उसका मन व्याकुल हो उठा कि कहीं वो दीवार भी मुक्ति कि तरह पल भर में गायब ना हो जाए। यह सोचते ही सुमित तेज़ी से उस दीवार की ओर दौड़ पड़ा, अपने भ्रम को दूर करने के लिए, खुद को विश्वास दिलाने के लिए कि उसके सामने जो भी है, वह सत्य है। उस दीवार के गायब होने से पहले ही वह उस दीवार को छूना चाहता था।

उसकी गति किसी तेंदुए से भी तेज़ थी, भागते भागते उसे ऐसा लगने लगा जैसे धरती के गुरुत्वाकर्षण ने काम करना ही बंद कर दिया था, रेत में उसके पाँव धंसना ही बंद हो गए। हवा के घर्षण ने तो उसे रोकना ज़रूरी ही नहीं समझा। वह अति शीघ्र उस रहस्यमयी दीवार के पास पहुँच गया।

मुक्ति के मुँह से पवित्र दीवार का ज़िक्र सुनकर उसने अपनी कल्पनाओं में अत्यधिक सुंदर दृश्यों की रचना की थी। उसने सोचा था कि वह एक अति भव्य और विशाल दीवार होगी, संभवतः वह कोई तीर्थ स्थल होगा, आत्माओं का तीर्थ स्थल जहाँ केवल पुण्य आत्माओं का ही जाना हो पाता होगा।

लेकिन चार फीट ऊंची वह दीवार धूल-मिट्टी से लदी हुई थी। हजारों वर्ष पुरानी वह दीवार जिन पत्थरों से बनी थी, अब उन पत्थरों को देख पाना भी असंभव था।

उस दीवार कि ऊंचाई सुमित कि कमर से कुछ ही ऊंची थी। उस दीवार के पास पहुँचने के बाद, वह इस असमंजस में पड़ गया कि अब आगे क्या होने वाला था? यह दीवार उसे कहाँ ले जाने वाली थी? क्योंकि मुक्ति ने इस बारे में उसे कुछ नहीं बताया था। उस दीवार के निकट पहुँचते ही, वह दक्षिण दिशा की ओर चलने लगा। सुमित वहाँ की दिशाओं से अज्ञान था लेकिन उसकी आत्मा उस परमात्मा में आत्मसात होने के लिए स्वयं दक्षिण दिशा की ओर चलने लगी।

ऐसा उसके साथ पहले भी हो चुका था, जब उसने अपने जीवन में उस सुंदर लड़की को पहली बार देखा था, जो उसके जीवन को खुशियों से भरने वाली थी।

वह उस लड़की को देखते ही उस पर मोहित हो गया और मन ही मन उसे अपना दिल दे बैठा।

अपने हृदय से वशीभूत उसके कदम स्वयं उस लड़की की ओर चल पड़े। यह प्रेम था या आकर्षण, वह नहीं जानता था! लेकिन वह उस लड़की से बात करना चाहता था और उससे बात किए बिना सुमित को रहा नहीं गया।

अगर बात करने से बात बन सकती है, तो एक बार बात अवश्य करनी चाहिए। ताकि जीवन भर इस बात का मलाल ना रह जाए कि अवसर सामने होते हुए भी हमने उसका लाभ नहीं उठाया।

"हेलो! क्या आप इस खुशनसीब को अपना प्यारा सा नाम बताएंगी?" सुमित ने अपने संकोच को भीतर छुपाए, एक आनंदमयी मुस्कान के साथ बड़े ही प्रेम से पूछा

"जरूर! आपकी मुस्कुराहट देखकर ही लड़कियाँ आपको अपना नाम बता देती होंगी।" उस लड़की ने उसका उपहास उड़ाते हुए कहा।

"देखिए आप मुझे गलत समझ रही हैं। प्लीज़! नाम बताने में क्या जाता है।" सुमित ने फिर से विनती की

"सविता नाम है मेरा और आपका?" उस लड़की ने कुछ सोच कर बोला

"सुमित, सुमित सक्सेना! नाम तो सुना ही होगा।" सुमित ने मजाकिया अंदाज में कहते हुए अपना हाथ आगे बढ़ाया, उस लड़की से हाथ मिलाने के लिए। सविता ठहाके मारकर हंसने लगी और सुमित से अपना हाथ मिलाते हुए कहा " नहीं, नहीं सुना।"

"कोई बात नहीं, अब तो सुन लिया।" सुमित ने एक अलग ही अंदाज में कहा

"आपसे मिलकर अच्छा लगा लेकिन अब मुझे चलना चाहिए।" इतना कहते ही सविता जाने लगी।

उसे जाता देख सुमित के मन में हजारों बार एक ही विचार बार-बार आया "अगर वह आज चली गई तो मैं उसे अपने पूरे जीवन में दोबारा कभी नहीं देख पाऊँगा।" उसने स्वयं से कहा, यही वह क्षण था जब उसे एक उचित फैसला लेना था, जिस फैसले पर उसका भविष्य निर्भर था।

"रुको!" सुमित ने उसे पीछे से आवाज़ दी, वह उसकी एक ही आवाज़ में रुक गई जैसे वह उसके रोकने का ही इंतजार कर रही थी।

"क्या मुझे तुम्हारा नंबर मिल सकता है?" सुमित ने उसके पास जाकर पूछा

"और मैं अपना नंबर क्यों दूँ तुम्हें?" सविता ने एक लड़की होने के नाते अपनी सुरक्षा को ध्यान में रखकर पूछा।

अब यह सुमित का उत्तर निर्धारित करने वाला था कि उसे सविता का नंबर मिलने वाला था या नहीं।

"प्यार करने के लिए इस दुनिया में कई लड़कियाँ हैं लेकिन यह दिल सिर्फ तुम पर आया। तुम्हें देखकर यह कदम खुद-ब-खुद तुम्हारी और खींचे चले आए लेकिन तुम्हें जाते देख मन में एक ही विचार आया, यह जीवन व्यर्थ है अगर तुम्हें दोबारा ना देख पाया। पहली नज़र का पहला प्यार हो तुम इसलिए तुमसे तुम्हारा नंबर मांगने की हिम्मत कर पाया।" सुमित ने अपनी बात पूरी की और चुप हो गया

सविता भी चुपचाप खड़ी रही और सुमित टेंशन में उसे देखता रहा, उसे लगा कि कहीं सविता उसे थप्पड़ ना मारदे इसलिए वह थोड़ा पीछे हट कर खड़ा हो गया। अचानक सविता ने अपने पर्स से अपना मोबाइल निकाला और सुमित से अपना नंबर डायल करने के लिए कहा। सुमित खुश हुआ, वह खुद को हीरो समझकर स्टाइल मारते हुए मुस्कुरा रहा था।

"ज़िंदगी जीने का अपना ही एक अलग मज़ा था।" वह खुद से बुदबुदाया

कुछ दूर चलने के बाद, उसे कुछ लोगों की परछाइयाँ दिखाई दीं। वे परछाइयाँ भी सुमित की तरह उस दीवार के बगल में ही चल रही थीं जिन्हें देखकर सुमित मन ही मन बहुत खुश हुआ। एक बार पुनः उसका अकेलापन दूर होने वाला था। वह दौड़ कर उन लोगों के पास पहुँचा।

"रुको! रुको!" उसने दौड़ते हुए, उन्हें पीछे से आवाज़ दी लेकिन रुकना तो दूर, उसे किसी ने पीछे मुड़कर भी नहीं देखा।

"हेलो! क्या आप जानते हैं इस तरफ क्या है?" सुमित ने सबसे पीछे चल रहे एक बूढ़े आदमी से पूछा लेकिन सुनना तो दूर उस व्यक्ति ने सुमित की ओर देखा तक नहीं। किसी ने भी उस पर ध्यान नहीं दिया, वे सभी अपनी ही धुन में चलते रहे।

4

मृत्यु के देवता

उन सबके कपड़े फटे पुराने और गंदे व जले हुए थे और साथ ही साथ उनके शरीर के अंग भी जहां-तहां जले हुए थे। उनकी ऐसी दयनीय दशा देखकर सुमित दंग रह गया, ऐसा लग रहा था जैसे किसी ने जानबूझकर उनका उत्पीड़न किया था जैसे उन्हें किसी प्रकार का दंड दिया गया हो।

जलने के घाव अभी भी ताज़ा थे। वे सभी एक के पीछे एक कतार बनाकर चल रहे थे जैसे किसी के आदेश का पालन कर रहे हों।

सुमित तेज़ी से उस व्यक्ति के पास गया जो सबसे आगे चल रहा था, लेकिन सबसे आगे चल रहे उस व्यक्ति को देखकर सुमित दहल उठा। जब उसकी नज़रें उस व्यक्ति के चेहरे पर पड़ीं तो वह काँप उठा, उस व्यक्ति का पूरा शरीर बुरी तरह से जला हुआ था, वह अत्यंत भयानक लग रहा था जैसे किसी ने जानबूझकर उसे खोलती हुई गर्म तेल कि कढ़ाई में डाल दिया हो, केवल उसकी आँखें ही थीं जो सुरक्षित बची थीं। ऐसा दृश्य उसने अपने जीवन में कभी नहीं देखा था।

जितना मुश्किल उसका चेहरा पहचानना था, उससे कहीं अधिक मुश्किल ऐसे व्यक्ति का जीवित रह पाना था लेकिन फिर भी वह अपना सीना तान कर चल रहा था, बिना किसी कष्ट के, बिना किसी पीड़ा के। ये किसी चमत्कार से कम नहीं था जो विरले ही देखने को मिलता है।

सुमित के लिए यह समझ पाना बहुत मुश्किल था कि उस रेगिस्तान में उन लोगों कि ऐसी हालत किसने और क्यों की थी? अगर वे आत्माएँ

थीं तो उन्हें जलाया कैसे जा सकता था? उसके मन में एक प्रश्न उठा, जो उसने उन लोगों से पूछने का प्रयास किया "क्या आप लोग नरक से आ रहे हैं?" उत्तर में उसे केवल उन लोगों की चुप्पी ही मिली।

"आप लोगों की ऐसी हालत किसने की?" सुमित ने एक ओर प्रश्न पूछा, उसका भी कोई उत्तर प्राप्त नहीं हुआ।

सुमित ने सबसे पीछे चल रहे उस बूढ़े व्यक्ति से बात करने का एक अंतिम प्रयास किया।

"हेलो अंकल!" इस बार सुमित बहुत ऊंची आवाज़ में उस बुड्ढे के कान में चिल्लाया लेकिन उस बूढ़े व्यक्ति को कोई फर्क नहीं पड़ा।

सुमित को याद आया कि उसकी दादी भी बहुत ऊंचा सुनती थीं, उन्हें एक बात दो-तीन बार बतानी पड़ती थी। अपनी जवानी में वह बहुत सुंदर थीं लेकिन समय से साथ उनके बाल सफेद होते चले गए और उनका शरीर ढीला पड़ गया और चेहरा झुर्रियों से भर गया, झुर्रियों के कारण उनका चेहरा हमेशा गुस्से में दिखता था। बुढ़ापे के कारण उनके शरीर का माँस अपनी सामान्य स्थिति से नीचे लटकने लगा था।

अचानक सुमित को इस बात का दुःख हुआ कि वह अपना बुढ़ापा नहीं जी पाया। सुमित मायूस होकर वहीं ठहर गया और खड़े-खड़े उन सबको जाते हुए देखता रहा, किसी को भी उसकी परवाह नहीं थी, किसी ने भी उसे वापस पलट कर नहीं देखा।

उसने गुस्से में उस दीवार को एक लात मारी, उसकी मार से काफी सारी धूल उस दीवार से नीचे गिर गई। अचानक उसके मन में एक प्रश्न आया कि कोई दीवार के उस पार नज़र क्यों नहीं आ रहा था? यह देखने के लिए वह दीवार कि दूसरी तरफ कूद गया, दूसरी तरफ कूदते ही उसके सामने एक अलग ही नज़ारा था।

दिन का प्रकाश चांदनी रात में बदल गया, सूर्य का स्थान चंद्रमा ने ले लिया। सुमित के सामने ढेर सारी जलती हुई लकड़ियाँ पड़ी थीं, जिसके ऊपर रेत से भरी हुई एक विशाल कढ़ाई उड़ रही थी। अचानक सुमित को दो लोगों ने कसकर पकड़ लिया, वे दोनों काला लबादा ओढ़े हुए थे, उनके चेहरे देख पाना मुश्किल था।

उन दोनों ने अपने बड़े नाखूनों वाले काले डरावने हाथों से पकड़ कर सुमित को उस कढ़ाई में फैंक दिया। सुमित उस गर्म रेत की कढ़ाई में जा गिरा, वह झटपटाया, उसे अत्यंत पीड़ा हुई और वह अपना संपूर्ण बल लगा कर उस कड़ाई से बाहर कूद पड़ा, उसके बाहर आते ही उन दोनों ने फिर से अपने काले डरावने हाथों से उसे पकड़ लिया और दीवार कि उस तरफ फैंक दिया जहाँ से सुमित आया था।

पुनः चारों तरफ प्रकाश फैल गया, वह दोबारा उस दिन के उजाले में गिरा आ कर जहाँ से वह गया था। यह उसकी एक बड़ी गलती साबित हुई थी, वह रेत पर पड़ा कराह रहा था कि अचानक उसकी दृष्टि एक ऊंचे रेत के टीले पर खड़े, उस विशाल काले भैंसे पर गई जिसके ऊपर बैठा हुआ आदमी सोने का मुकुट पहने हुए था, जो सूर्य की रोशनी में चमक रहा था। उसके हाथों में भारी-भरकम सोने के कड़े थे। उसके एक हाथ में छड़ी थी, तो दूसरे हाथ में रस्सी थी और कुछ ही देर में वह परछाई कहीं लुप्त हो गई।

मृत्यु निकट हो तो यमराज दिखाई देते हैं लेकिन सुमित अपनी मृत्यु के बाद यमराज को देख रहा था। उसकी माँ अक्सर कहती थीं कि हमें कभी दक्षिण दिशा में पैर करके नहीं सोना चाहिए क्योंकि दक्षिण दिशा में यमराज का वास होता है। वे मौत के देवता हैं इसलिए दक्षिण दिशा में पैर करके सोने से अपशगुन होता है, यह बुराई का संकेत है।

"सर! क्या दक्षिण दिशा में पैर करके सोने से हम मर जाते हैं?" निश्चल मन से एक बालक ने अपने अध्यापक से पूछा तभी क्लास में बैठे बाकी बच्चे उस पर जोर जोर से हँसने लगे।

"सससस..." अध्यापक ने एक अजीब सी आवाज़ निकाली जिसे सुनकर सभी बच्चे शांत हो गए।

"तुमसे ऐसा किसने कहा सुमित?"

"मेरी माँ कहती हैं कि दक्षिण दिशा यमराज कि है, वो हमारी आत्माओं को अपने साथ ले जाते हैं।" सुमित ने बताया

"हम्... तो यह बात है। पुराणों में जो भी लिखा है, उसके पीछे क्या कारण हैं? हमारे वैज्ञानिक यह जानने का प्रयास करते रहते हैं। इसलिए दक्षिण दिशा कि तरफ पैर करके क्यों नहीं सोना चाहिए, इसके कई

कारण हो सकते हैं, लेकिन इसका एक वैज्ञानिक कारण यह है कि हमारा भारत उत्तरी गोलार्ध में पड़ता है और यहाँ उत्तरी ध्रुव का बल अधिक है। तो जब हम दक्षिण दिशा की तरफ पैर करके सोते हैं, हमारे शरीर की सारी ऊर्जा उत्तरी ध्रुव उत्तर की तरफ खींचता है, जो हमारे शरीर के लिए अच्छा नहीं होता।

इसलिए हमें सोते समय अपने पैर उत्तर दिशा में और अपना सिर दक्षिण दिशा में रखना चाहिए ताकि हमारे शरीर की ऊर्जा अच्छे से पूरे शरीर में संचरण कर सके और हम स्वस्थ रह सकें।"

5

वास्तविक ख़ज़ाना

सुमित अभी भी उस रेत पर पड़ा था। उसके पास कोई मंजिल नहीं थी, कोई उम्मीद नहीं थी। तभी उसे रेगिस्तान कि वो कहानी याद आई जो उसे उसके चाचा ने सुनाई थी।

उसे याद आया कि कैसे वह लड़का उस रेगिस्तानी समुंदर से बचकर बाहर आया था?

एक रेगिस्तानी कबीला जो गरीबी के कारण बर्बादी कि कगार पर था। उस कबीले के सभी पुरुष अपनी स्त्रियों और संतानों को पीछे छोड़, अपने कबीले के सरदार के आदेशानुसार ख़ज़ाने की तलाश में निकल पड़े।

कभी ना देखा गया वह खजाना ही अब उस कबीले कि गरीबी दूर करने की एकमात्र उम्मीद था, जिसकी अफवाह उस कबीले में फैली हुई थी।

उस विशाल सूखे रेगिस्तान में ख़ज़ाने की खोज में निकले उस काफिले में केवल पुरुष थे, जो स्वयं को स्त्रियों से श्रेष्ठ समझते थे। वे सभी अपने परिवारों को पीछे छोड़, अपनी स्त्रियों और बच्चों को पीछे छोड़, अपनी ज़रूरत का सारा सामान और ऊँटों को लेकर ख़ज़ाने की तलाश में निकल पड़े।

काफिला दिन भर अपना सफर तय करता और रात में आराम, इसी तरह दिन हफ्तों में और हफ्ते महीनों में बीत गए लेकिन दूर दूर तक

खज़ाने का कोई संकेत तक नहीं मिला।

मेहताब जिसकी उम्र उन सभी पुरुषों में सबसे कम थी, जो उन लोगों के साथ बेमन से खज़ाने की तलाश में आया था। वह हर दिन वापस लौट जाने की सोचता था और अपने दोस्तों से भी यही बात कहता था लेकिन अपने सरदार और उसके सैनिकों के डर के कारण लोग उसकी बातों में नहीं आते थे। उसका मानना था कि अगर उन्हें जल्द ही खज़ाना मिल भी गया तब भी उनके पास घर वापस लौटने तक का राशन नहीं बचेगा।

एक व्यक्ति की आशा केवल उस व्यक्ति को ही नहीं, बल्कि उसके आसपास के सभी लोगों के जीवन को प्रभावित करती है। उन सभी की आशाएँ उनके सरदार से जुड़ी हुई थीं लेकिन उनका सरदार किसी आशा के कारण नहीं, बल्कि अपने लालच के कारण उन सब को मौत के रेगिस्तान में खींच लाया था।

एक रात, जब वे लोग हर रात की तरह आराम करने के लिए ठहरे तो उनके साथ एक अनहोनी घटी।

अचानक आधी रात को रेगिस्तान में तेज़ हवाओं का बवंडर उमड़ पड़ा, धूल भरी तीव्र हवाओं ने उनके सामान को तितर-बितर करना शुरू कर दिया। कुछ नींद में थे तो कुछ हड़बड़ी में जाग उठे, उन्होंने अपने अपने ऊँटों को कसकर पकड़ लिया।

तेज़ हवाओं के हज़ारों थपेड़े उनके चेहरे पर लगातार पड़ रहे थे। आँखों के सामने अंधेरा छा गया, उनके लिए एक दूसरे को देख पाना भी संभव नहीं था। उस रात कई लोग सदा के लिए रेत कि उस खाई में समा गए जो अपनी पत्नियों और बच्चों को पीछे छोड़ कर आए थे। उन्होंने कभी नहीं सोचा था कि वो रेगिस्तान ही उनका कब्रिस्तान बन जाएगा। अब वे लोग वहाँ पहुँच गए थे, जहाँ से वापस आना किसी के लिए भी संभव नहीं था।

उस भयानक रात को कई परिवार बर्बाद हो गए, लेकिन उस भयानक आपदा के बाद भी उनका सरदार जीवित बच गया, जिसके लालच ने अभी भी दम नहीं तोड़ा था। ये ईश्वर का संकेत था, ईश्वर ने उस सरदार को दूसरा मौका दिया था, स्वयं और अपने कबीले की जान बचाने के लिए, अपनी गलतियों को सुधारने के लिए लेकिन उसने ईश्वर का संकेत

नहीं समझा।

उसे लगा कि अब उस खज़ाने का अधिक से अधिक हिस्सा उसका होगा, जो उसे उन लोगों को देना पड़ता जो उस भयानक रात से पहले जीवित थे। उसका लालच कई गुना और बढ़ गया। उस तूफान के कारण उनके पास अब बहुत कम राशन बचा था, जिसकी चिंता सबसे अधिक मेहताब को थी।

रेत में दफन हुए उन लोगों को बचाने के बजाय, वे लोग खज़ाने की तलाश में निकल पड़े।

मेहताब ने एक दिन अपनी चिंता व्यक्त करते हुए, अपने सरदार से घर वापस लौटने के लिए एक ऊँट और कुछ राशन माँगा लेकिन उसकी यह बात सुनकर सरदार को गुस्सा आ गया, जिसके कारण उसके सरदार ने उसे दिन में केवल एक बार भोजन देने और हर रात पहरेदारी करने का दण्ड दे दिया।

किसी ने भी उसका साथ नहीं दिया, किसी ने भी उसका दण्ड कम कराने का विचार नहीं किया, किसी ने भी उसकी परवाह नहीं की। इसलिए वह दिन भर पैदल चलता था और रात भर पहरेदारी करता था, जिससे किसी भी अनिश्चित समस्या के आने से पहले ही सबको सावधान किया जा सके। वह रात भर उन आत्माओं के साथ जागता था और उनके लिए प्रार्थनाएं करता था, जिनके शरीर अब उस रेगिस्तान में दफन हो चुके थे।

वह हर रात वहाँ से चुपचाप सारा राशन चुरा कर भाग निकलने की सोचता था लेकिन उसके ऐसा करने से उन लोगों का क्या होगा, जो उस बंजर और सूखे रेगिस्तान में रह जाएंगे? इस चिंता में वह हमेशा अपना विचार त्याग देता और इस उम्मीद में रुक जाता कि शायद! अगला दिन उसके लिए कुछ अच्छा लाए।

धीरे-धीरे सरदार ने उन सभी कमज़ोर लोगों को खाना-पानी देना ही बंद कर दिया। जिसमें मेहताब की हालत पहले से ही बहुत खराब हो चुकी थी, उसकी मानसिक स्थिति ठीक नहीं थी।

अब वह स्वयं को बचाने के लिए कुछ भी कर सकता था।

मानव जब उन चीज़ों की कामना करता है, जो केवल भ्रम मात्र हैं अर्थात् जो चीजें वास्तविक नहीं होतीं , तब वह मृगतृष्णा का शिकार होता है।

वह खज़ाना मात्र एक मृगतृष्णा था जिसके लिए वे लोग यहाँ-वहाँ भटक रहे थे, उस खज़ाने के लालच ने उन्होंने अपने परिवार को पीछे छोड़ा था, खज़ाने के लालच ने उनसे उनका बहुत कुछ छीन लिया था , उनके कई साथियों का जीवन भी।

हर मनुष्य अपने-अपने हिसाब से हर उस चीज़ को खज़ाना समझता है, जिसे वह बहुमूल्य मानता हो। मेहताब ने हिसाब लगाया कि अगर कुछ हफ्तों में उन्हें खज़ाना नहीं मिला तो उनके लिए खाने की कमी हो जाएगी और आपसी मतभेद होगा, ताकतवर कमजोरों को मारकर खाने पर कब्ज़ा कर लेंगे।

अगर खज़ाना मिल भी गया, तो खज़ाना ले जाने के लिए ऊंटों की ज़रूरत पड़ेगी। इस तरह वे फिर से एक दूसरे को मारने का प्रयास करेंगे लेकिन बचने वाले फिर भी भूखे मारे जाएंगे क्योंकि तब तक उनके पास घर लौटने तक का राशन ही नहीं बचेगा।

अब मेहताब को सिर्फ खाने में ही खज़ाना नज़र आ रहा था, जो जीवन के लिए बहुत बहुमूल्य था। वह समझ गया था कि इस तरह वह जल्द ही मारे जाएंगे इसलिए मेहताब ने एक तरकीब बनाई वहाँ से अकेले जीवित बच निकलने की।

उसके मन में एक ऐसा भयानक और निर्दयी विचार आया जो किसी के भी मन को परेशान कर सकता था। उसने यह फैसला कई बार सोचने के बाद ही लिया था। हमेशा की तरह उस रात भी जब सब लोग चैन से सो रहे थे, तब मेहताब जाग रहा था। उस रात उसने अपने फैसले पर काम करना शुरू किया। वह उन सबके सोते हुए मासूम चेहरों को देख रहा था, लेकिन अपने सरदार का चेहरा देखकर वह भड़क उठा।

उसे देखकर मेहताब को बहुत गुस्सा आया, वही इकलौता व्यक्ति था जिसके कारण यह सब हो रहा था लेकिन उसे इस बात की कोई चिंता तक नहीं थी, वह तो आराम से अपने शाही बिस्तर पर सो रहा था।

जल्द ही उसके सैनिकों की भी आँख लग गई, वे अपने सरदार कि ही तरह आलसी थे और तभी मेहताब ने अपना काम शुरू किया।

उसने स्वयं को मजबूत किया और एक गहरी साँस ली, उसने बड़ी हिम्मत जुटाकर एक सैनिक से उसका खंजर चुराया, लेकिन उसके कांपते हाथ उसके असीमित डर को छिपा पाने में असमर्थ थे। मेहताब ने उसी खंजर से उस सैनिक कि नींद में ही गर्दन रेतकर हत्या कर दी ताकि उसके गले से लैश मात्र भी आवाज़ बाहर न निकल सके।

इसी तरह उसने एक-एक कर, उन सब को नींद में ही मार डाला जो उस तूफान के बाद जिंदा बच गए थे। उस रात मेहताब ही उन सबका अनिश्चित काल बन गया था, हद तो तब हो गई जब उसने बड़ी ही क्रूरता से पाँच-छह बार उस खंजर को अपने सरदार के सीने में उतारा।

वह चमत्कारों से भरी रात थी। किसी कि भी नींद नहीं टूटी, रात के अंधेरे ने उसका पूरा साथ दिया, हवा ने भी शांति बनाए रखी और ऊँटों ने भी कोई कोलाहल नहीं किया।

अपने कृत्य के बाद उसे बहुत दुःख हुआ, वह एक ऐसा पाप था जिसका कोई पश्चाताप नहीं था। लेकिन जब स्वयं पर आती है, तो दूसरों की जान बहुत छोटी नज़र आने लगती है। लेकिन बड़े फैसले लेने के लिए एक मजबूत कलेजे की ज़रूरत पड़ती है जो मेहताब के पास था।

उसने अपने दिल को यह सोचकर तसल्ली दी कि उसने उन्हें भूख और प्यास से तड़प कर मरता छोड़ने के बजाय नींद में ही मार कर, उन्हें सुखद और आरामदायक मौत दी थी।

वो सारा खाना और ऊँट अब उसके थे और अब वह चैन से अपने घर लौट सकता था, ज़िंदा और सही सलामत। एक कहानी के साथ कि कैसे उस रात उस भयानक तूफान ने उन सब को मौत के घाट उतार दिया और वह कितना खुशनसीब था जो ईश्वर ने उसे नई जिंदगी दी।

6

दिव्य पत्थर

अरबी में एक कहावत है ' जिसके पास स्वास्थ्य है उसके पास आशा है, जिसके पास आशा है उसके पास सब कुछ है। '

अब मेहताब के पास सब कुछ था, उसके पास सुमित से कहीं अधिक संभावनाएं थीं, घर वापस लौटने की। अपने परिवार से मिलने की, अपना सुखमय जीवन जीने की। लेकिन सुमित की आशाएँ अब टूट चुकी थीं और जब भी ऐसा होता था, वह हमेशा अपनी माँ को याद करता था।

वह अपनी माँ का इकलौता पुत्र था इसलिए उसकी माँ उसे बहुत प्यार करती थीं। अपने माता-पिता की शादी के आठ साल बाद सुमित पैदा हुआ था। उसके पिता ने तो पिता बनने की सारी उम्मीदें ही छोड़ दी थीं।

लेकिन उसकी माँ निराशाओं में भी आशाओं को खोज लाती थीं। वह हमेशा सकारात्मक सोचती थीं। उन्होंने कभी अपने पुत्र मोह को नहीं त्यागा, हज़ारों मंदिरों में प्रार्थनाएँ कीं, हज़ारों जगह माथे टेके, हज़ारों नुस्खे अपनाए।

उसकी माँ हर सुबह उठकर सबसे पहले नीम के वृक्ष कि पूजा करती थीं। वह दक्षिण भारत से थीं और दक्षिण भारत के लोगों का विश्वास था कि नीम की पूजा करने से संतान का सुख प्राप्त होता है। भले ही पुत्र हो या पुत्री संतान का सुख तो मिलेगा ही लेकिन उसकी माँ केवल एक पुत्र चाहती थीं, अपने वंश को आगे बढ़ाने के लिए इसलिए सुमित के जन्म के बाद, उन्हें लगा कि उनके भगवान ने उनकी प्रार्थनाओं से खुश

होकर उन्हें पुत्र दिया, पुत्री नहीं। समाज का पुत्र मोह हमेशा पुत्रियों की अवहेलना करता आया है।

सुमित वहीं रेत पर पड़ा था, मन ही मन वह उस दीवार को कोस रहा था। मरने के बाद भी उसकी हालत ज़िंदगी से बद्तर थी।

"एक साधारण व्यक्ति होता तो इस दीवार के कारण अब तक मर चुका होता। इसका नाम पवित्र दीवार नहीं, बल्कि मौत की दीवार होना चाहिए था।"

अचानक एक बच्ची उसके पास आकर रुक गई। सुमित उसकी राह में अवरोध पैदा कर रहा था। वह उस बच्ची को देखकर बिना किसी पीड़ा के तुरंत उसके सामने खड़ा हो गया जैसे उसे कुछ हुआ ही नहीं था। उस बच्ची में उसे अपनी बेटी दिखाई दी, उसकी बेटी का नाम नैना था जो केवल छः साल की थी। उसे अपनी बेटी की याद आ रही थी।

सुमित उसका रास्ता रोककर घुटनों के बल बैठ गया, उसका मासूम चेहरा, बिखरे बाल, गालों पर सूखे आँसुओं के निशान देखकर सुमित भावुक हो उठा।

वह ठीक सुमित की आँखों में देख रही थी कि अचानक एक असामान्य घटना घटी, उस बच्ची ने अपनी पलकें झपकाईं। यह देखकर सुमित कि खुशी का कोई ठिकाना नहीं रहा, उसने तुरंत उस बच्ची को अपने गले लगा लिया, उसे ऐसा लग रहा था जैसे उसकी बाहों में उसकी अपनी ही बेटी हो। उसे एक अद्भुत आनंद की प्राप्ति हुई जो वह उस रेगिस्तान में पहली बार महसूस कर रहा था।

लेकिन उस बच्ची के चेहरे पर किसी भी प्रकार का कोई भाव नहीं था। वह भी उस रेगिस्तान की बाकी आत्माओं की तरह भाव शून्य थी, उसे किसी भी प्रकार की यात्ना नहीं दी गई थी, वह पूर्ण रुप से ठीक-ठाक थी।

"आओ, मेरे साथ चलो, मैं तुम्हें अपने साथ ले चलूँगा।" सुमित का उस बच्ची को अकेले छोड़ने का मन नहीं किया और उसका हाथ पकड़कर, तब तक ना रुकने का निर्णय लिया जब तक उसका सफर समाप्त नहीं हो जाता। यह एक कठोर निर्णय था।

मुक्ती ने उस दीवार को पवित्र दीवार कहा था जो अब सुमित के लिए एक मनहूस दीवार बन चुकी थी।

"इस दीवार का नाम पवित्र दीवार नहीं, बल्कि मनहूस दीवार होना चाहिए था।" सुमित झुक कर उस बच्ची के कान में फुसफुसाया लेकिन उस बच्ची के कानों में जूँ तक नहीं रेंगी, उसने सुमित कि किसी भी बात पर कोई प्रतिक्रिया नहीं दी।

वे दोनों सारी आत्माओं को पीछे छोड़ते हुए, जल्द ही उस रेगिस्तान की सबसे विचित्र और अद्भुत जगह पर पहुँच गए।

लेकिन सुमित को यह देखकर बिल्कुल भी हैरानी नहीं हुई क्योंकि अब उसे विश्वास हो चुका था कि उस रेगिस्तान में कुछ भी हो सकता था।

मौसम अचानक ठण्डा होने लगा, एक विशाल घास का जंगल उनके सामने था। घास के ऊपर बहुत घने बादल छाए हुए थे जिनके सामने सूर्य का प्रकाश भी फीका पड़ गया था। सुमित उस बच्ची का हाथ पकड़कर काफी देर तक खड़ा रहा।

घास की लंबाई एक सामान्य मनुष्य से दोगुनी लंबी थी, उसके अंदर जाने वाले व्यक्ति को देख पाना असंभव था। सुमित ने कई आत्माओं को अंदर जाते देखा लेकिन एक बार जो अंदर गया, वो दोबारा बाहर नहीं आया इसलिए सुमित ने अंदर घुसने से पहले बहुत सोचा, हालांकि बाकियों की तरह उसने भी अंदर जाने का निर्णय लिया।

घास के जंगल में घुसते ही उस बच्ची का हाथ स्वतः सुमित के हाथ से छूट गया। सुमित की चिंता और बढ़ गई, वह उस बच्ची को देख तक नहीं पा रहा था, चारों तरफ बस अंधेरा ही अंधेरा था।

उस अंधेरे में सुमित को उजाले कि एक किरण दिखाई दी और वह उस रोशनी कि तरफ दौड़ता चला गया।

वह उस जंगल के बीचों-बीच एक खुले मैदान में पहुँच गया। उस स्थान पर पहुँच कर, वह घबरा गया और उसने वहाँ से भागने का प्रयास किया लेकिन उसका प्रयास असफल रहा क्योंकि अपने पैरों को उठाना तो दूर, वह अपने स्थान से हिल तक नहीं पा रहा था।

उसके सामने पाँच विशाल पत्थर गोलाई में पड़े हुए थे, जो एक वृत का निर्माण कर रहे थे। उन पाँचों पत्थरों के पास किसी पिशाच कि तरह दिख रहे पाँच लोग, अपने हाथ में एक विशाल चांदी की कुल्हाड़ी पकड़े

हुए खड़े थे। उनका शरीर सुमित से दो गुना बड़ा था।

वे लोग किसी प्रकार का काला लबादा पहने हुए थे जैसा उन लोगों ने पहना हुआ था जिन्होंने सुमित को उस गर्म रेत कि कढ़ाई में डाला था। इसलिए उन्हें पुनः देखकर सुमित डर गया।

उनका शरीर इतना काला था जैसे अभी-अभी डांबर में नहा कर आए हों, वे लोग किसी भूत कि तरह दिख रहे थे, किसी का भी चेहरा दिखाई नहीं दे रहा था।

तीन आत्माएं उन पत्थरों पर अपना सिर रखकर ज़मीन पर बैठी हुई थीं, उनकी चेतना मर चुकी थी लेकिन सुमित को ऐसा लग रहा था जैसे वे भूत उन आत्माओं कि बली देने जा रहे हों।

"ये सच नहीं हो सकता! मरे हुए को दोबारा कैसे मारा जा सकता है? उसने स्वयं से फुसफुसाया। ऐसा कभी नहीं हो सकता, यह सिर्फ मेरा एक सपना है! बस एक सपना है! बस एक सपना है! बस एक सपना है!"

सुमित अपनी आँखें बंद कर बार-बार यही दोहरा रहा था, ' ये मात्र एक सपना है! '

थोड़ी ही देर में वह बच्ची भी उस स्थान पर पहुँच गई और उसने स्वयं खाली पड़े एक पत्थर पर अपना सिर रख दिया जाकर। यह देख कर सुमित आश्चर्य चकित रह गया लेकिन अगले ही पल सुमित का अपने शरीर से पूर्ण नियंत्रण खो गया और उसके कदम स्वयं उस आखरी पत्थर की ओर बढ़ चले।

वह खुद को रोक नहीं पाया एक अदृश्य शक्ति ने उसके पूरे शरीर पर अपना नियंत्रण स्थापित कर लिया था।

सुमित ने उस अंतिम पत्थर पर अपनी गर्दन रख दी जा कर, उस दिव्य पत्थर पर सिर रखते ही एक अद्भुत चमत्कार हुआ, उसके मस्तिष्क में तीव्र तरंगों का प्रवाह उमड़ पड़ा, उसके जीवन की यादों का बवंडर उसके मन को ओत-प्रोत करने लगा, उसे उस दिव्य पत्थर पर सिर रखते ही अपने जीवन का एक-एक क्षण याद आ रहा था।

पल भर में ही उसकी आँखों के सामने उसका पूरा जीवन बीत गया। उसने अचानक अपना मानवीय शरीर महसूस किया, एक ही क्षण में उसने उन सभी भावनाओं को महसूस कर लिया जिन्हें एक व्यक्ति

अपने अलग-अलग समय पर महसूस करता है। प्यार, ईर्ष्या, सुख, दुःख, भक्ति, लगाव, अच्छा, बुरा, डर, अहंकार, शर्म, साहस आदि, उसने जीवन की हर एक भावना को महसूस किया।

उसे अपनी माँ का निस्वार्थ प्रेम याद आया, अपने पिता की शिक्षाएं याद आईं, अपना बचपन याद आया, बचपन की शरारतें याद आईं, अपनी जवानी याद आई, जवानी की मस्तियाँ याद आईं, अपने दोस्त याद आए, अपनी दोस्ती याद आई, अपना प्यार याद आया जिसने उसे पिता बनने का सुख दिया, अपनी प्यारी बेटी याद आई जिसने उसे पापा कह कर बुलाया।

ये सबकुछ किसी फिल्म की तरह उसके सामने चल रहा था, ऐसा लग रहा था जैसे किसी ने उसके जीवन का संपूर्ण सारांश उसके सामने रख दिया था।

उसे वे सब लोग याद आए जो उसके सुख या उसके दुख में उसके साथ थे। उसका पूरा जीवन आशाओं से भरा हुआ था, मुश्किल परिस्थितियों में भी वह हमेशा खुश रहने का प्रयास करता था। उसे अपने जीवन से कोई निराशा नहीं थी लेकिन जब उसे अपने जीवन का अंतिम क्षण याद आया तो उसे बहुत दुख हुआ।

वह अपने अंतिम समय में अपनी पत्नी और अपनी बेटी को देख तक नहीं पाया, उन्हें गले लगा कर उनसे अंतिम बार यह तक नहीं कह पाया कि वह उनसे बहुत प्यार करता है।

सबसे बड़े रहस्य की बात यह थी कि अब वह अपनी मृत्यु के रहस्य को जान चुका था अब उसे पता था कि उसकी मृत्यु कैसे हुई थी?

उसकी ज़िंदगी बहुत अच्छी चल रही थी कि एक दिन उसने कुछ संदिग्ध लोगों को एक भयानक अपराध करते हुए देख लिया। उसने एक खून होते हुए देखा था जो उसके लिए कोई सामान्य बात नहीं थी।

उस रात सुमित पसीने में लथपथ, घबराया और डरा हुआ घर पहुँचा जैसे किसी से बचता-बचाता बड़ी मुश्किल से घर पहुँचा था।

उसके घर का दरवाज़ा खुला हुआ था, उसे घण्टी बजाने की ज़रूरत तक नहीं पड़ी, उसने तुरंत अपनी पत्नी को आवाज़ दी।

" सविता! सविता! सविता! नैना! नैना! "

उसने घर का चप्पा चप्पा छान मारा लेकिन उसकी पत्नी और बेटी घर में नहीं थे। उसकी आँखों से बहते हुए आँसू यह समझ चुके थे कि उसकी पत्नी और उसकी बेटी के साथ कोई अनहोनी घट चुकी थी।

सुमित को डर था कि कहीं उनके साथ कुछ बुरा न हो गया हो।उसने सविता को फोन लगाया लेकिन उसका मोबाइल घर के ही किसी कोने में बज रहा था। अचानक उसे अपनी माँ कि चिंता हुई, उसने तुरंत अपने कांपते हाथों से अपनी माँ को फोन लगाया।

"हेलो!" उसकी माँ ने फोन पर कहा

"हेलो! हेलो मम्मी! तुम ठीक तो हो ना?" सुमित ने बड़ी चिंतित आवाज़ में पूछा

"मैं तो बिल्कुल ठीक हूँ। पर तू क्यों परेशान लग रहा है?" माँ ने उसकी एक आवाज़ सुनकर ही उसकी परेशानी को भाँप लिया था, इसी दौरान सुमित के मोबाइल पर किसी अनजान नंबर से फोन आ रहा था।

"मम्मी मैं ठीक हूँ! तुमसे बाद में बात करता हूँ।" उसने फटाक से अपनी माँ का फोन काट दिया और उस अनजान नंबर से आ रहे फोन कॉल को उठा लिया और अपने मोबाइल में कॉल रिकॉर्डिंग शुरू कर दी।

"पापा!" फोन पर उसकी बेटी कि आवाज़ थी, वह रो रही थी।

"नैना! तुम कहाँ हो बेटा।" सुमित ने रुआँसी आवाज में पूछा

"बी/36 , काँति गली, अजीत मोहल्ला। एक पुराना गोदाम है, वहाँ आजा और हाँ कोई चालाकी नहीं, वरना तू अच्छे से जानता है।

बी/36 , काँति गली, अजीत मोहल्ला।" इतना कहते ही उस आदमी ने फोन काट दिया, उस आदमी की आवाज़ किसी जल्लाद से कम नहीं थी।

"हेलो... हेलो... हेलो!" सुमित बस हेलो हेलो कहता रह गया लेकिन फोन तो कब का कर चुका था।

वो लोग क्या चाहते थे? सुमित नहीं जानता था। लेकिन उसकी बेटी और पत्नी उन लोगों के पास थे।

इसलिए वह तुरंत घर से निकल पड़ा, उस पते पर जल्द से जल्द पहुँचने के लिए जो पता फोन पर उस आदमी ने बताया था। सुमित ने ऑटो पकड़ा और सीधे उस गोदाम पर पहुँच गया।

इस दौरान वह बार-बार पुलिस को इत्तला करने का विचार करता रहा लेकिन उसे डर था कि कहीं ऐसा करने से उसकी पत्नी और बच्ची का जीवन खतरे में न पड़ जाए।

वो एक पुराना गोदाम था जो वर्षों से बंद पड़ा था। सुमित डरते हुए धीरे धीरे अंदर गया। ढेर सारे खाली डिब्बों का ढेर, छुपने के लिए एक अच्छी जगह थी। वहाँ ना ज्यादा रोशनी थी, ना ज्यादा अँधेरा था। जानबूझकर रोशनी को डिम रखा गया था।

अचानक उसके सामने एक नकाबपोश आदमी आया, जो सुमित को उन डिब्बों की भूलभुलैया से निकालते हुए, उस स्थान पर ले गया जहाँ उसकी बीवी और बेटी को रखा गया था।

उनके हाथ-पैर बंधे हुए थे, आँखों पर पट्टी और मुँह पर टेप चिपकी हुई थी। उन्हें देखते ही पल भर में सुमित की आँखें आँसुओं से भर गईं और वो उनसे गले मिलने के लिए दौड़ पड़ा, अपहरणकर्ताओं में से दो लोगों ने उसे पकड़ लिया, सुमित उनके हाथों से आराम से छूट गया।

फिर चार लोगों ने दोबारा उसे पकड़ लिया, पर इस बार सुमित झटपटाते रह गया लेकिन खुद को छुड़ा नहीं पाया।

तभी एक आदमी उसके सामने आया और अपना मास्क उतार दिया। वो उन सब का लीडर था। उसे अपनी पहचान दिखाने में कोई डर नहीं था लेकिन बाकी सब ने मास्क लगाए रखा।

"मिलना मिलाना तो चलता रहेगा, लेकिन उससे पहले ध्यान से हमारा एक काम सुनो जो तुम हमारे लिए करोगे।" उस आदमी ने कहा, जो मास्क उतार कर बात कर रहा था

"तुम हो कौन? चाहते क्या हो तुम लोग? " सुमित ने गुस्से में पूछा

"तुम्हें खुद पता चल जाएगा क्योंकि कल सुबह होते ही तुम्हें कश्मीर जाना है और फिर तुम्हें वहाँ हमारा एक आदमी मिलेगा, जो तुम्हें एक बैग देगा, उस बैग को लेकर तुम्हें इस बस पर चढ़ना है।" उस आदमी ने सुमित को कुछ तस्वीरें दिखाई जिसमें बस की पहचान और बस नंबर लिखा था।

"और हाँ! उस बैग में एक बॉम होगा जिसका रिमोट तुम्हारे हाथों में होगा।" यह बात कहते हुए वह सुमित के कान में फुसफुसाया।

" बूम! " वह बड़ी ज़ोर से उसके कान में चिल्लाया लेकिन सुमित के साथ साथ उसके साथी भी डर गए। अपने साथियों के डरने से, उसने गुस्से में उन सबकी तरफ घूरा।

सविता के मुँह पर भले ही पट्टी बंधी थी लेकिन उसे सब कुछ साफ-साफ सुनाई दे रहा था। वह ऐसा बिल्कुल नहीं होने देना चाहती थी, जैसा वे लोग चाहते थे, इसलिए वह बार-बार अपना सिर ' ना ' में हिलाती रही।

उसकी पट्टी आँसुओं से भीग चुकी थी और वह अपने पति को खोना नहीं चाहती थी लेकिन मजबूरी की बेड़ियों ने उसके हाथ बांधे हुए थे, वह चाह कर भी कुछ नहीं कर सकती थी।

उस नकाब उतारे व्यक्ति ने सुमित कि पत्नी को देखा और फिर सुमित से कहा " अब तुम्हारी कुर्बानी ही तुम्हारे परिवार को बचा सकती है लेकिन तुम्हारी कोई भी बेवकूफी तुम्हें या तुम्हारे परिवार को नहीं बचा सकती। "

उस आदमी की बात सुनते सुनते सुमित का ध्यान बार-बार उस कैमरे पर जा रहा था जिसका लेंस उसकी पत्नी और बच्ची की तरफ घुमा हुआ था। सुमित समझ चुका था कि वे लोग कोई साधारण अपहरणकर्ता नहीं थे, वे लोग आतंकवादी थे जो कुछ भी कर सकते थे। इसलिए उस कैमरे से भी सुमित को डर लग रहा था।

"ये कैमरा किस लिए है?" सुमित ने डरते हुए पूछा

"ये!" उस आदमी ने कैमरे की तरफ इशारा किया और फिर मुस्कुराने लगा

"हमारे मिशन के बीच अगर तुमने कोई भी चालाकी की, तो पूरी दुनिया तुम्हारी बीवी और बेटी की गर्दन कटते हुए लाइव देखेगी। समझा!

तुम्हें याद है! जिस आदमी का तुमने कत्ल होते हुए देखा था, पहले वो ये काम करने वाला था लेकिन बेचारा इतना डरपोक था कि हमें उसे मारना ही पड़ा।" उस आतंकवादी ने जवाब दिया

"क्या मिलेगा तुम्हें ये सब करके?" सुमित ने पूछा

"सुकून! सुकून मिलेगा। तुम लोगों ने जो ज़ुल्म हमारी क़ौम पर किए हैं, ये तो बस उसका एक छोटा सा बदला होगा लेकिन एक दिन इस

पूरी दुनिया पर सिर्फ और सिर्फ हमारी हुकूमत होगी। तब, तब ये जहां जन्नत नज़र आएगा।"

"तुम पर जो अत्याचार हुए, क्या वो उन लोगों ने किए जिन्हें तुम मारना चाहते हो?" सुमित ने उसे समझाने का प्रयास किया

"तुम सब एक ही नस्ल के हो और नफ़रत है मुझे तुम लोगों से। मैं तब तक सुकून से नहीं बैठूंगा, जब तक तुम्हारी पूरी क़ौम को, पूरे देश को, मिटा न दूँ।" वह बहुत गुस्से में बोला, ऐसा लग रहा था जैसे उसका खून खोल रहा था। उसके मन में दूसरे धर्म के लोगों के लिए ठूंस ठूंस कर नफ़रत भरी गई थी।

" मिट गए इस देश को मिटाने वाले, नहीं मिटेंगे इस मिट्टी में पैदा होने वाले " सुमित ने बड़े गर्व से कहा

उस आदमी को सुमित कि बात अच्छी नहीं लगी इसलिए उसने गुस्से में सुमित के गाल पर एक ज़ोरदार मुक्का मारा। "बांध दो इसे भी, पर अलग।" उसने अपने आदमियों को हुक्म दिया

उसे उसके परिवार से अलग रखा गया और सुबह होते ही उसे डरा धमकाकर, ज़बरदस्ती कश्मीर भेज दिया गया। उन लोगों ने उसे अंतिम बार भी अपने परिवार से मिलने नहीं दिया। उसने आतंकवादियों को ऐसा ना करने के लिए बहुत समझाया लेकिन उन्हें कोई फर्क नहीं पड़ा।

सुमित के मन को कश्मीर की प्राकृतिक सुंदरता भी प्रसन्न नहीं कर पाई। वहाँ पहुँचकर, उसे एक आदमी मिला जिसने उसे श्रीनगर बस अड्डे पर एक बैग दिया और उस बस में बैठा दिया जो वैष्णोदेवी की तीर्थ यात्रा पर जा रही थी।

उस आदमी ने सुमित को बैग देते हुए कहा "तू बहुत बहादुर ईण्सान है, तुझे ज़रूर जन्नत मिलेगी। ये ले, ये बैग पकड़ और हाँ, जादा हिलाया डुलाया तो यहीं फट जाएगा इसलिए ठीक दो घण्टे बाद इस रिमोट के लाल बटन को दबा दियो।" उसने अपनी जेब से एक छोटा सा रिमोट निकालकर सुमित को दे दिया

अगर इस बैग को खोलने की कोशिश भी की तो भी ये बम फट जाएगा इसलिए किसी भी तरह की कोई चालाकी मत करियो।"

बस पर चढ़ते हुए वह अचानक एक औरत से टकरा गया। वह काँप उठा, उसका दिल जैसे सीने से बाहर निकलकर आ चुका था, डर का ऐसा अनुभव उसे पहली बार महसूस हो रहा था। लेकिन अच्छी बात यह थी कि वो बम अभी भी सही सलामत था और उसकी सलामती में ही सबकी सलामती थी।

वह बस में सबसे पीछे जाकर अकेले बैठ गया। बस में बैठे हुए अचानक सुमित की नज़र बस के बाहर एक पुलिस वाले पर पड़ी, वह घबराकर अपना चेहरा छुपाने लगा लेकिन उसका मन उससे यही कह रहा था कि उस पुलिस वाले को वह सब कुछ सच-सच बता दे।

पर ऐसा करने कि उसकी हिम्मत ही नहीं हुई क्योंकि वह किसी से भी बात नहीं कर सकता था। उसकी हर बात वे आतंकवादी सुन सकते थे।

बस में बैठा हुआ हर व्यक्ति खुश था। वे सभी वैष्णो देवी के दर्शन के लिए जा रहे थे, सब अपनी अपनी धुन में मग्न थे, वैष्णो माँ के नारे लगा रहे थे।

कोई अपनी माँ के साथ जा रहा था, तो कोई अपनी पत्नी के साथ। कोई अपने दोस्तों के साथ जा रहा था, तो कोई अपने बच्चों के साथ। उस बस में बैठे हुए हर एक व्यक्ति का जीवन अब सुमित के हाथों में था।

वह बार-बार अपने बाएं हाथ की कलाई पर बंधी घड़ी में समय देखता रहा। ये वही घड़ी थी जो सुमित उस रेगिस्तान में ढूंढ रहा था।

सुमित ने एक क्षण के लिए भी अपनी पत्नी और बेटी के विचारों का त्याग नहीं किया, वह लगातार उनके बारे में सोचता रहा, परेशान होता रहा।

उस सर्द मौसम में भी उसका पूरा शरीर किसी अग्नि की भांति तप रहा था। उसका रोम रोम काँप रहा था। उसके पैरों में खड़े होने तक का बल शेष नहीं था। उसे अत्यंत पीड़ा हो रही थी।

मेहताब की तरह सुमित ने भी उन सबके मासूम चेहरे देखे जो लोग आज उसके कारण मरने वाले थे।

लेकिन उन लोगों ने सुमित के साथ कुछ बुरा नहीं किया था, वे सब निर्दोष थे इसलिए सुमित उन सबको मारने का, मेहताब जैसा कठोर

निर्णय, नहीं ले सकता था। वह इतना निर्दयी नहीं था कि खुद के परिवार को बचाने के लिए दूसरों के परिवार उजाड़ देता।

सुमित ने कभी कल्पना में भी नहीं सोचा था कि उसके जीवन में कभी ऐसा भी कोई वक्त आएगा, जब उसे अपने स्वार्थ के लिए दूसरों का जीवन लेना पड़ेगा। अब उसे मेहताब कि कहानी में वास्तविकता नज़र आने लगी थी, जब स्वयं पर आती है तो मनुष्य कुछ भी कर सकता है, किसी के प्राण भी ले सकता है।

बस और समय, ये दोनो लगातार चलते जा रहे थे। दो घण्टे कुछ ही देर में पूरे होने वाले थे।

सुमित का ध्यान एक भवन पर लगे तिरंगे पर गया, जिसे देख कर उसकी आँखें शर्म से झुक गईं। उन आतंकवादियों का साथ देकर, वह एक ऐसा भयानक पाप करने जा रहा था जो उसके देश का अपमान था, हिंदू-मुस्लिम एकता का अपमान था। वो कोई आम झंडा नहीं था, वो पूरे देश के लोगों का झंडा था जो किसी जाति, धर्म या मज़हब से संबंधित नहीं था।

उस तिरंगे झंडे को देखकर ना जाने उसमें इतना साहस कहाँ से आ गया था। वह सकारात्मक सोचने लगा, वो झंडा उसकी प्रेरणा का कारण बना।

उसने सोचा कि अगर उन आतंकवादियों का काम उसने कर भी दिया तो इस बात की कोई गारंटी नहीं थी कि वे लोग उसके परिवार को जीवित छोड़ देंगे! इसलिए सुमित ने यह तय किया कि अगर मरना ही है तो वह अपने परिवार के साथ मरना चाहेगा।

पता नहीं मेरे मरने के बाद उनका क्या होगा? सुमित के मन में बार-बार यही सवाल आ रहा था। वह एक पल के लिए भी अपनी पत्नी और बेटी की चिंता अपने मन से नहीं निकाल पाया। वह आखरी बार उन्हें देखना चाहता था, भले ही उन्हें देखने के बाद वह तुरंत मर जाता।

दो घण्टे बीत गए लेकिन सुमित ने वह लाल बटन नहीं दबाया और बम के रिमोट को बस की खिड़की से बाहर फेंक दिया। उसने बस रुकवाई और उस बैग के साथ वह बस से उतर गया।

बस के जाते ही अचानक उस बम में विस्फोट हो गया जिसने सुमित के चीथड़े उड़ा दिए। उसकी घड़ी हाथ से निकल कर कहीं दूर गिरी जा कर, घड़ी का समय रुक गया और सुमित के जीवन का समय भी समाप्त हो गया।

बस में बैठे हर यात्री का जीवन सुरक्षित बच गया। सुमित ने उस भगवान की लाज रख ली थी जिसकी शरण में वे लोग जा रहे थे जो आज मरते मरते बचे थे।

मेहताब ने अपना जीवन बचाने के लिए दूसरों को मारा था लेकिन सुमित ने दूसरों का जीवन बचाने के लिए खुद का जीवन संकट में डाला था और अब वह मर चुका था।

7

साक्षात्कार

उस विस्फोट के बाद उसकी चेतना उस दिव्य पत्थर से किसी दूसरे स्थान पर पहुँच गई, जब उसने अपनी आँखें खोलीं तो देखा, एक दिव्य अलौकिक प्रकाश चारों तरफ फैला हुआ था। उस ऊर्जा का कोई स्त्रोत नज़र नहीं आ रहा था, वो दिव्य प्रकाश अंतहीन था।

बहुत से योगी अपनी जीवन भर की साधना के बाद भी, उस दिव्य प्रकाश को नहीं देख पाते हैं, जो सुमित देख रहा था।

ये वही दिव्य प्रकाश था जिसके बारे में उसकी माँ उसे बताती थीं, जिसे देखने के बाद व्यक्ति सभी प्रकार की मोह माया का त्याग कर, उस ईश्वर से एकाकार कर लेता है जिसका एक अंश सदा उसके भीतर रहता है।

"उठो सुमित!" उसे एक दिव्य आवाज़ सुनाई दी। उसके सामने स्वयं उसका ही एक प्रतिरूप खड़ा था।

"कौन हो तुम?" सुमित ने आश्चर्य से पूछा

"वही, जिससे तुम मिलना चाहते थे। जिसे अलग-अलग रूपों में अलग-अलग नाम से बुलाते हो तुम लोग। तुम्हारे शब्दों में कहें तो भगवान यार!" उस प्रतिरूप ने सुमित से मज़ाकिया अंदाज़ में कहा

"पर तुम तो मैं हूँ!" सुमित ने कहा

"सही कहा! मैं ही तो तुम हो और तुम ही तो मैं हूँ। मैं ही हूँ जो अलग-अलग रूपों में तुम्हारे साथ था, हर पल हर घड़ी।" उस प्रतिरूप ने कहा

"अगर आप भगवान हैं! तो आप अपने असली रूप में क्यों नहीं आते?" सुमित ने संदेह भरी निगाहों से उसे देख कर कहा। उसे अपने आसपास के वातावरण पर विश्वास नहीं हो रहा था क्योंकि कुछ क्षण पहले वह कहीं और था।

"और वो असली रूप कैसा दिखता है? ऐसा!" सुमित का ध्यान अपनी ओर खींचते हुए, सुमित के उस प्रतिरूप ने उसके पिता का रूप ले लिया।

सुमित स्तब्ध रह गया, उसके सामने रूप बदलने वाली एक विचित्र माया थी। फिर उस प्रतिरूप ने सुमित की माँ का रूप धारण कर लिया।

अपनी माँ को अपने सामने देखते ही सुमित कि आँखों से आँसू छलक आए, उसे अपने गाल पर आँसू कि सरकती हुई एक बूंद महसूस हुई। उसने अपने गाल पर हाथ फेर कर देखा, उसने अपने हाथ में गीलापन महसूस किया। उसे विश्वास नहीं हुआ, उसकी आँखों से आँसू निकल रहे थे। उसकी मृत्यु के बाद ऐसा पहली बार हो रहा था कि उसकी भावनाएँ आँसुओं के रूप में बह रही थीं।

यह विचित्र महिमा थी उस ईश्वर की जो उसकी माँ के रूप में साक्षात उसके सामने खड़े थे। उसने अपने माँ रूपी भगवान को गले से लगा लिया। "अगर आप हैं! तो आपने मेरा साथ क्यों छोड़ दिया, प्रभू! क्यों मेरे परिवार को मुसीबत में डाला।" सुमित कि आँसुओं कि धाराएँ रुक ही नहीं रही थीं। सुमित को विश्वास हो चुका था कि उसके सामने परब्रह्म, अविनाशी परमात्मा खड़े थे।

उसके माँ रूपी भगवान ने उसे शांत किया, उनकी छत्रछाया में वह चिंता मुक्त हो गया, उसकी सारी पीड़ाएँ समाप्त हो गईं। उसके सभी प्रश्न समाप्त हो गए, उसकी सारी जिज्ञासाएँ मिट गईं।

"तुम कभी अकेले नहीं थे, सुमित! मैं तो हमेशा से तुम्हारे साथ थी, जन्म से पहले और मृत्यु के बाद भी, हमेशा तुम्हारे साथ रही। कभी तुम्हारी माँ के रूप में, तो कभी तुम्हारे पिता के रूप में, कभी तुम्हारी माँ के प्यार के साथ, तो कभी तुम्हारे पिता की शिक्षाओं के साथ। कभी सविता के रूप में, तो कभी तुम्हारी बेटी नैना के रूप में, मैं हमेशा तुम्हारे साथ थी।

उस रेगिस्तान में जब तुम अकेले थे तो उन वृक्षों के रूप में और जब तुमने मुझे याद किया तो मुक्ति के रूप में, मैंने तुम्हारा मार्गदर्शन किया। तुमने जब भी कोई गलत निर्णय लिया तो मैंने हमेशा तुम्हें एक उचित निर्णय लेने का मौका दिया।

जब तुम उस बस में बम लेकर बैठे हुए थे तो पुलिस के रूप में, मैं तुम्हारे सामने आई थी, ताकि तुम अपने निर्णय पर फिर से विचार कर सको, लेकिन तुम बस से नीचे नहीं उतरे।

फिर मैं उस तिरंगे के रूप में तुम्हारे सामने आई, जो तुम्हें सबसे अधिक प्रिय था, जिसके सम्मान के लिए तुम अपने प्राण भी दे सकते थे और दूसरों के प्राण बचा भी सकते थे। और फिर उस तिरंगे के सम्मान के लिए तुमने स्वयं कि भी चिंता नहीं की, तुमने वही किया जो धर्म था।

जिसका जन्म होता है, उसकी मृत्यु भी निश्चित होती है। संभवतः उस समस्या में तुम्हारे परिवार के स्थान पर किसी ओर का परिवार हो सकता था और उस बस में उस बम के साथ तुम्हारे स्थान पर कोई ओर हो सकता था। और संभवतः उस बस में तुम भी अपने माँ-पिता, अपनी पत्नी और बेटी के साथ वैष्णो देवी की तीर्थ यात्रा पर जा सकते थे।

मैं अनंत ब्रह्माण्डों का रचयिता हूँ और मेरे हर ब्रह्माण्ड में तुम्हारी मृत्यु किसी ने किसी प्रकार से होती रही है। कभी उस बस के यात्री के रूप में तो कभी उस बस ड्राइवर के रूप में, और इस ब्रह्माण्ड में बंमधारक के रूप में।"

सुमित ने यह स्वीकार कर लिया कि मृत्यु तो आनी ही थी, आज नहीं तो कल, लेकिन उसकी मृत्यु के बाद उसके परिवार का क्या हुआ, यह एक बड़ा प्रश्न था।

"हे प्रभु! मेरी एक जिज्ञासा अभी भी समाप्त नहीं हुई है, मैं जानना चाहता हूँ कि मेरी पत्नी और मेरी बेटी का मेरे बाद क्या हुआ?" सुमित ने पूछा

"उनकी आत्माओं का पुनर्जन्म भी हो चुका है, वे दोनों जुड़वा बहनों के रूप में जन्मी है।" भगवान ने सांत्वना से भरा हुआ उत्तर दिया

"भगवान! आप मेरी माता के रूप में मेरे सामने खड़े हैं, किंतु मेरी एक जिज्ञासा है जो मैं समझ नहीं पा रहा। आप स्त्री हैं या पुरुष?" सुमित

ने भगवान से प्रश्न पूछा

"मैंने केवल तुम्हारी माँ का रूप धारण किया है, मैं ना स्त्री हूँ, ना पुरुष, मेरा कोई रूप नहीं है, मैं तो निराकार हूँ।" भगवान ने उत्तर दिया

"तो फिर आपने स्त्री और पुरुष की कल्पना कैसे की?" सुमित ने पूछा

"यह कल्पना मेरे मन में अचानक से उत्पन्न नहीं हुई थी, जिस प्रकार मनुष्य को आधुनिकता के इस दौर में पहुँचने के लिए हजारों वर्ष लग गए, उसी प्रकार सृष्टि की इस उत्कृष्ट रचना करने में मुझे सहस्त्रों काल बीत गए। लेकिन अभी भी मुझे इसमें कई दोष दिखाई देते हैं।" बोलते बोलते भगवान का ध्यान भंग हो रहा था, उनका ध्यान कहीं और भी था।

"अब तुम्हारे पास अधिक समय नहीं है! क्योंकि मैं देख रहा हूँ कि तुम्हारे जन्म कि घड़ी बस, अब आने ही वाली है। तुम्हारी माँ भयानक प्रसव पीड़ा में भी यह सोच कर आनंदित हो रही हैं कि उन्हें शीघ्र ही संतान का सुख प्राप्त होने वाला है।

संतान के रूप में माँ का स्नेह पाना किसी ईश्वरीय प्रेम से कम नहीं होता, सुमित! यह सुख तो भगवान को भी बड़ी मुश्किल से मिलता है।" भगवान ने सुमित से बड़ी ही प्रसन्नता से कहा

"क्या!" सुमित अपने पुनर्जन्म की बात सुनकर हैरान रह गया।

"हाँ सुमित! तुम्हारा शीघ्र ही नया जन्म होने वाला है। एक व्यक्ति की पूर्ण मृत्यु तब तक नहीं होती, जब तक उसकी आत्मा दूसरा शरीर धारण नहीं कर लेती इसलिए तुम्हारी चेतना अब तक जीवित है किंतु नए जन्म के साथ तुम सब कुछ भूल जाओगे।"

"उनका धर्म क्या है।" सुमित के मुँह से स्वतः ही निकल गया

"मैं किसी को किसी के धर्म के आधार पर जन्म या मृत्यु नहीं देता, सुमित! क्योंकि मैंने किसी भी धर्म को नहीं बनाया, मैंने केवल मनुष्य को बनाया था लेकिन मनुष्यों ने स्वयं अपने आप को अलग-अलग जातियों और धर्मों में बाँट लिया। मानवता का धर्म छोड़, लोग केवल अपनी जाति का उत्थान चाहते हैं जो सबसे घृणित विचार है।

हर व्यक्ति को अपना धर्म पीछे रख कर, मानवता को आगे रखना चाहिए, मानवता को ही अपना धर्म समझना चाहिए।

जिस प्रकार एक व्यक्ति को डॉक्टर से जन्म से पहले बच्चे का लिंग नहीं पूछना चाहिए, उसी प्रकार तुम्हें भी जन्म से पहले अपने धर्म के बारे में नहीं पूछना चाहिए।

लेकिन फिर भी मैं तुम्हारी कोई भी एक इच्छा पूरी कर सकता हूँ! बताओ, तुम क्या चाहते हो?" भगवान ने उसे एक वरदान माँगने का अवसर दिया।

सुमित ने कभी कल्पना में भी नहीं सोचा था कि उसे कभी भगवान से एक वरदान माँगने का अवसर भी मिलेगा। किंतु जीते जी ना सही तो मरने के बाद सही, पर अब सुमित के मन में किसी भी प्रकार की माया का कोई लालच नहीं था, वह किसी भी प्रकार की तृष्णा से संक्रमित नहीं था।

उस क्षण वह भगवान से कुछ भी माँग सकता था, कुछ भी लेकिन ऐसी परिस्थिति उसके सामने अचानक आई थी, उस स्थिति के लिए वह सज्ज नहीं था।

"हे भगवान! मैं जानता हूँ कि आपका कोई रूप नहीं है लेकिन फिर भी बचपन से मैं टीवी पर आपके कई अलग-अलग रूपों को देखता आया हूँ इसलिए मैं अपनी इच्छा आपको आपके ब्रह्मा, विष्णु, महेश के त्रिमूर्ति रूप को साक्षात देखने के बाद ही बताऊँगा।" सुमित ने बड़ी ही चालाकी से एक इच्छा पूरी करने के बदले अपनी दूसरी इच्छा पहले ही माँग ली।

भगवान के दिव्य स्वरूप को देखने की इच्छा स्वतः ही मन में प्रकट हो जाती है, इसमें सुमित का कोई लालच नहीं था, बल्कि भक्ति भाव था। एक नास्तिक, अब एक सच्चे आस्तिक में बदल चुका था।

"ठीक है!" भगवान ने सुमित कि इच्छा को मान लिया।

"रुको, रुको, रुको!" भगवान अपना रूप बदलने ही वाले थे कि अचानक सुमित ने उन्हें रोक दिया। वह आखरी बार अपनी माँ के गले लगा।

"ठीक है, अब आप अपना रूप बदल सकते हैं।" सुमित ने बड़े याराना ढंग से कहा

"तुम मनुष्य बहुत परेशान करते हो।" भगवान ने अपनी भौंएं सिकोड़ कर कहा। तभी सुमित कि माँ का रूप त्याग कर उन्होंने उस रूप

को धारण किया जिसके दर्शन सुमित करना चाहता था।

एक भव्य रूप तीन सिर, चार हाथ और दो पैरों के साथ। उस रूप से ऐसी दिव्यता प्रकट हो रही थी कि सुमित स्वतः घुटनों के बल हाथ जोड़ कर बैठ गया। भक्ति भाव निखर कर उसकी आँखों से छलक रहा था।

बाएँ तरफ ब्रह्मा, बीच में विष्णु और दाएँ तरफ महादेव का सिर था। एक हाथ में चक्र, एक हाथ में त्रिशूल, एक हाथ में वेद और एक हाथ में शंख था। भगवान विष्णु, स्वर्ण और पुष्पों की मालाएँ उनका सौंदर्य बढ़ा रही थीं। भगवान शिव की जटाओं पर अर्ध-चंद्रमा चमचमा रहा था, उनकी गर्दन पर एक साँप और रुद्राक्ष की मालाएँ लिपटी हुआ थीं। ब्रह्मदेव ने पुष्पों की मालाएँ धारण की हुई थीं और उनके बाल और दाढ़ी सफेद थे।

उस दिव्य विराट रूप को देखने के बाद सुमित के मन को तृप्ति मिल गई, उसे वह संतोष प्राप्त हो चुका था जो कदाचित ही किसी को प्राप्त हो पाता है।

फिर सुमित ने अपना वरदान माँगा "मेरी पत्नी फिर से सविता बने इसलिए मेरा और उसका जन्म भारत में ही हो।"

"बड़े चालाक हो यार तुम! एक के बदले तीन वरदान माँग लिए। लेकिन कोई बात नहीं तुम्हारी इच्छा पूरी हो, तथास्तु!" भगवान ने उसे अपना आशीर्वाद दे दिया।

"तथास्तु!" इतना सुनते ही उसकी चेतना वापस उस दिव्य पत्थर पर लौट आई, उसने अपनी आँखें खोलीं और अपने सामने, चांदी की कुल्हाड़ी पकड़े, उस दैत्य को खड़ा देखा।

उस दैत्य ने सुमित के सिर पर अपना हाथ रखा और सुमित धीरे-धीरे अपनी पुराने जीवन की यादों को खोने लगा, वह सब कुछ भूलता जा रहा था।

जब उसके दिमाग में कोई भी याद शेष नहीं बची, तब उसकी आँखें स्वतः ही बंद हो गईं। उसके बाद वह गहन अँधकार में पहुँच गया और उसने अचानक एक शरीर महसूस किया, एक बहुत गर्म और गीला शरीर।

जल्द ही उसने श्वास लेना शुरू कर दिया, उसे अपने दिल की धड़कनें महसूस होने लगीं, वह अपने हाथ-पैर महसूस कर पा रहा था।

अत्यधिक प्रकाश के कारण वह अपनी आँखें नहीं खोल पाया लेकिन उसे अचानक भूख लगी और वह रोने लगा।

एक औरत ने एक पुत्र को जन्म दिया था, वे दोनों बिल्कुल ठीक थे। बच्चे के रोने से कोलाहल मचते ही वहाँ उपस्थित डॉक्टर, नर्स और स्वयं उस शिशु की माँ भी, प्रसन्न हो उठे, वे सभी मुस्कुरा रहे थे।

एक नर्स ने बच्चे की नाल काटकर, उसे साफ किया और एक स्वच्छ कपड़े में लपेटकर, उस बच्चे को उसकी माँ कि गोद में रख दिया।

“यह लो, संभालो अपने बेटे को। ध्यान से!” नर्स ने बच्चे को उसकी माँ को देते हुए कहा।

“बेटा!” बच्चे की माँ ने दोहराया

“हाँ हाँ बेटा, लड़का हुआ है।” उस नर्स ने ऊँची आवाज़ में प्रेम से कहा। “अब तुम इसे अपना दूध पिलाओ।” उसने उस औरत को किसी बड़ी बहन की तरह आदेश देते हुए कहा

“पर अभी कैसे!” उस औरत को संकोच हो रहा था

“जन्म के बाद अगर बच्चे को पहले घण्टे में ही माँ का दूध मिल जाता है तो वह दूध बच्चे के लिए अमृत समान होता है। लगता है तुम्हारा पहला बच्चा है! इसलिए तुम्हें नहीं पता। चलो अब तुम अपने बेटे को दूध पिलाओ, मैं थोड़ी देर में तुम्हारे पति को भेजती हूँ।” नर्स की बात पर, उस औरत ने अपना सिर हिलाया और उसके बाद नर्स चली गई।

उस औरत ने बड़े ही प्यार से अपने बेटे के माथे को चूमा। वह अपने बेटे को अपने अंचल में रखकर, इस दुनिया का सारा प्यार देना चाहती थी। वो बच्चा अभी भी रो रहा था इसलिए उसने अपने नन्हें नवजात शिशु को अपना अमृत समान दूध पिलाया।

कुछ देर बाद एक आदमी अंदर आया, उसकी आँखों में पिता बनने का सुख साफ-साफ दिखाई दे रहा था। वह आदमी उस औरत का पति और उस बच्चे का पिता था।

“नज़ीरा! तुम ठीक हो?” उसने बहुत प्रेम से अपनी पत्नी से पूछा और उसके बगल में बैठ गया।

नज़ीरा ने अपने ठीक होने की हामी भरी। उस आदमी ने पिता भाव से अपने बेटे को देखा, जो बड़ी शांति से अपनी माँ के आंचल में सो रहा था।

"हम इसका नाम जावेद रखेंगे, अच्छा नाम है ना! उसने अपनी पत्नी को देखा, उसकी पत्नी मुस्कुराने लगी।

"आप हिंदू होकर भी अपने बेटे का मुस्लिम नाम रखना चाहते हैं, मेरी वज़ह से ना? नज़ीरा ने अपना संदेह व्यक्त किया

"ऐसा कुछ भी नहीं है। नाम में क्या रखा है, इंसान का काम अच्छा होना चाहिए क्योंकि पहले काम से ही नाम बनता है और उसके बाद नाम से ही काम बनने लगता है।" उस व्यक्ति ने अपनी प्यारी पत्नी को प्यार से समझाया।

"और पता है, मुझे क्या लगता है कि एक दिन वो समय ज़रूर आएगा, जब इस समाज में सभी धर्म एक हो जाएंगे, दादा का नाम शांतनु होगा और दादी का नाम मार्ग्रेट, बेटे का नाम रॉबिन होगा और बेटी का नाम राधा, बहू का नाम सुनैना होगा तो दामाद का नाम वसीम होगा! और इस तरह आगे आने वाली पीढ़ी, अपनी नई परँपराओं को जन्म देगी। "

कोटला हाउस

शहर से दूर, रात के किसी समय, उस जंगल के बीचों बीच से गुजरती हुई सड़क पर, एक गाड़ी तेजी से कोटला हाउस की तरफ जा रही थी।

उस जंगल के बीचों बीच, ठीक उस सड़क के किनारे लगभग 200 मीटर दूर एक बहुत पुराना घर था। गाड़ी ठीक उस घर के सामने आकर रुकी।

उस काली गाड़ी से एक लड़की बाहर निकली। उसने गर्म कपड़े पहने हुए थे, एक मोटी गलाबंद सफेद टी-शर्ट पर गहरे रंग का नीला ब्लेज़र, जो रात के अंधेरे में लगभग काला ही नज़र आ रहा था, पहना हुआ था। अत्यधिक कसी हुई काली जींस मानो उसकी कमर का खून जाम कर रही थी।

गाड़ी की दूसरी तरफ से एक लड़का बाहर निकला, उसके चेहरे पर डर के भाव स्पष्ट दिखाई दे रहे थे। वह उस लड़की को पूरे रास्ते समझाता हुआ आया था कि हमें उस घर से दूर रहना चाहिए जिसके नाम से ही पूरा शहर डरता था।

कहते हैं वह घर दो सदियों से भी अधिक पुराना था, अर्थात लगभग दो-तीन पीढ़ियाँ गुज़र चुकी थीं लेकिन कोई भी नहीं जानता था कि उस घर का निर्माता या वारिस कौन था।

लोग उस घर को भूतिया मानते थे उस घर की अलग-अलग भ्राँतियाँ और कई कहानियाँ पूरे शहर में प्रचलित थीं। वह घर कोटला हाउस के नाम से मशहूर था।

"देख नैना, अभी भी टाइम है हम वापस चल सकते हैं।" उस लड़के ने गाड़ी से निकलते ही एक बार फिर से नैना को अंतिम बार चेतावनी देते हुए वापस चलने का आग्रह किया। वह कतई उस घर में नहीं जाना चाहता था जिसका नाम सुनने से भी लोगों को डर लगता था।

लोगों का कहना था कि जो उस भूतिया घर में एक बार अंदर गया, वह कभी बाहर नहीं आया और जीवित मनुष्य का लौटना तो दूर, मरने वाले की लाश तक नहीं मिलती।

लोगों ने कई बार सरकार से उस घर को तोड़ने के लिए याचिका दायर की लेकिन हर बार याचिका को मंजूरी प्रदान करने का मन बना चुके अधिकारियों का, मंजूरी देने से पहले ही तबादला हो जाता या फिर किसी अनजान डर से उन अधिकारियों द्वारा याचिका को खारिज कर दिया जाता रहा।

इसलिए बाद में सरकार यह बयान देकर बचने लगी की दो सदियों से भी अधिक पुराना कोटला हाउस हमारे इतिहास कि एक सुरक्षित और अविस्मरणीय धरोहर है, जिसे हमें आदरतापूर्वक संभाल कर रखना चाहिए।

"आज तो मैं इस घर के रहस्यों से पर्दा उठाकर ही रहूंगी। मैं जानना चाहती हूँ, आखिर इस घर में ऐसा क्या है जो लोग अंदर तो जा सकते हैं लेकिन बाहर नहीं आ सकते।" नैना ने अपने एक दुखद अतीत को स्मरण करते हुए बोला। अंदर ही अंदर नैना भी उस घर में जाने से घबरा रही थी। डरी और सहमी हुई नैना लगातार उस भूतिया घर को घूर रही थी। लेकिन वह अपने निर्णय पर अटल थी।

रहस्य छोटा हो या बड़ा जब तक खुल न जाए, जिज्ञासा समाप्त नहीं होती। नैना के भीतर भी उस घर को लेकर जिज्ञासा का भयानक कोतूहल मचा हुआ था।

नैना ने अपने चेहरे पर लटक रहे, अपने बालों को संभालते हुए पीछे किया। तभी अचानक उसके दोस्त ने उसका ध्यान खींचते हुए कुछ पूछा "कहाँ है वो आदमी जिसने तुझे यहाँ बुलाया था?"

"हाँ!" नैना अपने आप में ही कहीं खोई हुई थी कि अचानक उसका ध्यान टूट गया। वो... वो, उसने अपना नाम सुमित बताया था और वो अपने आप को इस घर का मालिक बता रहा था। उसने कहा था, वो हमें इस घर के बारे में सब कुछ बताएगा।"

"क्या! तू किसी भी पागल को इस घर का मालिक मान लेगी।" उस लड़के ने बड़े तीखे स्वर में कहा। ज़रा ध्यान से देख इस घर को, देखने से लगता है कोई अंदर होगा, नहीं ना?"

"कम से कम हमें एक बार चलकर तो देखना चाहिए। अगर वो आदमी सच में इस घर का मालिक हुआ, तो हो सकता है वो घर में ही

हो।" नैना अपने निर्णय पर अटल थी।

उस लड़के ने ज़ोर से कार के बॉनट पर हाथ मारा। मन मार कर, वह नैना कि बात मान रहा था। वह नैना को वहाँ अकेला छोड़ कर भी नहीं जा सकता था और उस भूतिया घर के अंदर भी नहीं जाना चाहता था। उसके लिए एक तरफ खाई थी तो दूसरी तरफ कुआँ।

उसने फटाफट गाड़ी से अपना भारी-भरकम कैमरा निकाला। वे लोग वहाँ कैमरा लेकर आए थे, ताकि वहाँ घटित होने वाली हर गतिविधि, वे लोग कैमरे में कैद कर वहाँ के रहस्यों को दुनिया के सामने उजागर कर सकें।

रात के उस अंधेरे में वातावरण में हल्की ठंड के साथ घना कोहरा विद्यमान था और जंगल पूरी तरह से कोहरे से ढका हुआ था। चारों तरफ से झींगुर और कीटों कि किटकिट - कटकट कि भिन्न-भिन्न डरावनी आवाजें आ रही थीं। ऐसे स्थान पर तो कोई भी डरपोक व्यक्ति हार्ट अटैक से ही मर जाता।

उस जंगल ने उस विशाल भूतिया घर को पूर्ण रूप से अपने साथ आत्मसात कर लिया था। बाहर से वह घर कई पौधों कि लताओं और बेलों से ढक चुका था।

"चलें!" उस लड़के ने पूछा। उन दोनों ने गर्म कपड़े पहने हुए थे और सर्दी के कारण बोलते समय उनके मुँह से भाप निकल रही थी।

उस भूतिया घर में प्रवेश करने के लिए नैना ने सिर हिलाकर हामी भरी।

वे दोनों हल्के कदमों के साथ घास पार करते हुए, घर के मुख्य द्वार तक पहुंचे। घर कि किसी भी खिड़की से रोशनी कि एक किरण तक बाहर नहीं छलक रही थी, जैसे मानो पूरा घर अंधकार में डूबा हुआ था।

उन्होंने दरवाज़े पर एक गोल्डन प्लेट चिपकी देखी जिस पर काले अक्षरों में कुछ लिखा हुआ था।

उस लड़के ने अपने मोबाइल कि फ्लैश जलाकर उस फ्लैट पर लिखी हुई सूचना को पढ़ा; विशेष सूचना - जो एक बार अंदर गया, इस घर का सदस्य बन गया। सोच समझकर प्रवेश करें। धन्यवाद।

ऐसी विचित्र सूचना पढ़कर दोनों के शरीर में एक अजीब सी सिरहन दौड़ गई। दोनों डरे हुए उस घर के बाहर खड़े थे। यह बहुत अजीब बात थी, आखिर ऐसी विशेष सूचना अपने घर के बाहर कौन और क्यों लिखेगा।

उस लड़के से तो डर का घूँट निगला नहीं जा रहा था लेकिन नैना ने एक गहरी साँस ली, एक अच्छी खासी हिम्मत जुटाने के लिए। और अपने मन से नकारात्मक विचारों को निकालकर उसने उस विशेष सूचना को डराने का एक और माध्यम मानकर उसे नजरअंदाज कर दिया, वैसे भी उस घर के बारे में कई डरावनी मिथ्याएँ मशहूर थीं, तो यह तो एक छोटी सी बात थी।

नैना को घर के बाहर कहीं डोरबेल नज़र नहीं आई और फिर उसने खुद को ही समझाते हुए सोचा कि दो सौ साल पहले कौन डोरबेल लगवाया करता था।

इसलिए उसने दरवाज़ा खटखटाने के लिए अपना हाथ आगे बढ़ाया लेकिन दरवाज़ा खटखटाने से पहले, उसकी नज़र उसके हाथ कि उस उँगली पर गई जिसमैं उसके मंगेतर ने उसे एक बेहद सुंदर सोने की अँगूठी पहनाई थी।

उसके मन में फिर से एक संशय की भावना उठी कि जो मैं करने जा रही हूँ, वह सही है या गलत लेकिन नैना अपने संशय को दूर कर पाती, उससे पहले ही एक बुजुर्ग आदमी ने अंदर से उन दोनों के लिए दरवाजा खोल दिया।

दरवाज़ा खुलते ही एक तेज़ पीली रोशनी बाहर निकली जिस के प्रहार से कुछ देर के लिए उन दोनों कि आँखें चोंधिया गईं। घर के बाहर भयानक अंधेरा था लेकिन इसके विपरीत घर के अंदर रोशनी ही रोशनी थी।

"हेलो, मिस नैना! आपका स्वागत है।" ऐसा कहते हुए उस आदमी ने नैना से हाथ मिलाया लेकिन उस लड़के से उस आदमी ने हाथ नहीं मिलाया और एक टेढ़ी दृष्टि देखकर सपाट शब्दों में कहा "और आपका भी।"

ऐसा लग रहा था जैसे उस लड़के से उसकी कोई पुरानी दुश्मनी थी। उस आदमी को देखकर नैना खुश हो गई और उसके चेहरे पर एक प्यारी

सी मुस्कान खिल गई।

"देखो रचित! मैंने कहा था ना कि इस घर के मालिक यही हैं।" नैना बड़े उत्साह से बोली। अब उसका डर और संदेह कम हो चुका था।

"लेकिन आज आप थोड़े ज्यादा बूढ़े नहीं लग रहे हैं! जब तीन दिन पहले आप मिले थे तो ठीक-ठाक लग रहे थे।" नैना ने उसकी उम्र को लेकर अपना विस्मय व्यक्त किया।

जब वह उस आदमी से तीन दिन पहले मिली थी तब उसकी उम्र थोड़ी कम थी। लेकिन तीन दिन में ही नैना को उस आदमी में तीन साल का फर्क नज़र आ रहा था, ऐसा लग रहा था जैसे उस आदमी की उम्र तेज़ी से बढ़ रही थी।

उसकी उम्र लगभग साठ साल के आसपास थी। उसके घने काले बाल थे और चेहरे पर दाढ़ी का नामोनिशान तक नहीं था।

उसने सफेद कोट-पैंट पहना हुआ था। वह एक सज्जन की भाँति इतने अच्छे से सुसज्जित था जैसे वह किसी विशेष समारोह में जाने की तैयारी कर रहा हो।

"मैं आप लोगों का ही इंतजार कर रहा था। आइए।" उसने बड़ी शालीनता से उन दोनों से अंदर आने का निवेदन किया।

"मतलब हम दोनों! आपको कैसे पता था कि मैं भी नैना के साथ आऊँगा?" रचित को उस आदमी पर कुछ संदेह हुआ।

"अब यह तो एक स्वाभाविक सत्य है कि कोई भी लड़की इतनी रात में ऐसे डरावने स्थान पर अकेली नहीं आएगी।" उस आदमी ने रचित का संदेह दूर किया।

"आइए, आगे की बातें अंदर चलकर करते हैं।"

उन दोनों ने बड़े संकोच के साथ इधर-उधर अपनी नज़रें दौड़ाते हुए, उस घर में प्रवेश किया। देखने से ऐसा लग रहा था जैसे वह पूरा घर लकड़ी से बना था।

उन दोनों के अंदर आने के बाद दरवाजा बंद करने से पहले, उस आदमी ने बड़ी सतर्कता के साथ एक नज़र बाहर दौड़ाई, यह सुनिश्चित करने के लिए कि कहीं बाहर कोई और तो नहीं था। लेकिन उस काली गाड़ी के अलावा उसे कोई नहीं दिखाई दिया और फिर उसने दरवाज़ा बंद

कर दिया।

उसके पश्चात कई दिन बीत गए, दिन हफ्तों में और हफ्ते महीनों में बदल गए लेकिन नैना और रचित उस रहस्यमई भूतिया घर से कभी बाहर नहीं आए.......

आत्माओं पर चर्चा

नैनं छिद्रन्ति शस्त्राणि नैनं दहति पावकः ।

न चैनं क्लेदयन्त्यापो न शोषयति मारुतः ॥

(द्वितीय अध्याय, श्लोक 23)

आत्मा ना तो कभी किसी शस्त्र द्वारा काटी जा सकती है, ना अग्नि द्वारा जलाई जा सकती है, ना जल द्वारा भिगोई या वायु द्वारा सुखाई जा सकती है।

अच्छेद्योऽ यमदाह्योऽ यमक्लेद्योऽ शोष्य एव च ।

नित्यः सर्वगतः स्थाणुरचलोऽयं सनातनः ॥

(द्वितीय अध्याय, श्लोक 24)

आत्मा को ना खंडित किया जा सकता है, ना जल में घोला जा सकता है, ना जलाया जा सकता है, ना इसे सुखाया जा सकता है। आत्मा शाश्वत है, सर्वव्यापी, अविकारी, स्थिर तथा सदैव एक सी रहने वाली है।

भगवत गीता के इन श्लोकों के अनुसार आत्मा कि इन विशिष्टताओं को स्वयं भगवान द्वारा प्रतिपादित किया गया है। हम सभी जानते हैं कि आत्माओं को ना देखा जा सकता है, ना जलाया जा सकता है और ना काटा जा सकता है, आदि आदि।

लेकिन फिर भी कई फिल्मों में हम देखते हैं कि आत्माओं के साथ वह सब होता है जो संभव ही नहीं हो सकता, कभी आत्माओं को मज़ाक के तौर पर इस्तेमाल किया जाता है, तो कभी बदले के तौर पर क्योंकि वो सब उन कहानियों की आवश्यकता होती है। उसी प्रकार इस किताब की कहानी में भी आत्माओं का प्रयोग किया गया है।

हमारा शरीर जो भी महसूस करता है, सोचता है, समझता है, ये सब हमारी इंद्रियों (जैसे आँख, नाक, कान, मुँह और त्वचा) के कारण हो पाता है लेकिन मरने के बाद, आत्मा शरीर छोड़ देती है। बिना शरीर के आत्मा और बिना आत्मा के शरीर दोनों ही व्यर्थ हैं।

इसलिए आत्मा सोच नहीं सकती, किसी को छू नहीं सकती, किसी को देख नहीं सकती, कुछ बोल नहीं सकती, वह पीड़ित नहीं हो सकती,

रो नहीं सकती और बिना जन्मे किसी और के शरीर को धारण नहीं कर सकती। आत्मा निर्वस्त्र होती है, निराकार होती है।

इसलिए अगर इस बात को ध्यान से समझा जाए तो प्राचीन काल में ब्राह्मणों ने आम लोगों को बहुत मूर्ख बनाया था। हमारे प्रत्येक कर्मों के फल या दंड, हमें पृथ्वी पर ही भोगना पड़ता है इसलिए मृत्यु के बाद हमारी आत्मा को नर्क में अत्यंत पीड़ाएँ दी जाएंगी और उसे गर्म तेल की कढ़ाई में जलाया जाएगा, एक मिथ्या प्रतीत होता है।